Leur royal secret

LYNNE GRAHAM

Leur royal secret

Traduction française de
MARGUERITE GUILLEMET

AZUR

HARLEQUIN

Collection : Azur

Titre original :
HER BEST KEPT ROYAL SECRET

HARPERCOLLINS FRANCE
83-85, boulevard Vincent-Auriol, 75646 PARIS CEDEX 13
Service Lectrices — Tél. : 01 45 82 47 47 - www.harlequin.fr
ISBN 978-2-2804-6784-1 — ISSN 0993-4448

Composé et édité par HarperCollins France.
Imprimé en juillet 2022 par CPI Black Print (Barcelone)
en utilisant 100% d'électricité renouvelable.
Dépôt légal : août 2022.

FSC
www.fsc.org
MIXTE
Papier issu de sources responsables
FSC® C159065

Pour limiter l'empreinte environnementale de ses livres, HarperCollins France s'engage à n'utiliser que du papier fabriqué à partir de bois provenant de forêts gérées durablement et de manière responsable.

1.

— Quand est-ce que *je* vais me marier ? fit Angelino Diamandis.

Il jeta un regard rieur à son frère, qui venait de lui poser la question la plus absurde qui soit. Surnommé Angel par ses amis, justement parce qu'il était tout sauf angélique, le prince régnant de Themos ne pensait que rarement à son futur matrimonial. Son physique de star de cinéma avait depuis longtemps fait de lui le chouchou de la presse, et il en jouait allègrement. Il s'étira paresseusement sur l'ottomane, amusé.

Le prince Saif d'Alharia, vêtu de son costume traditionnel de marié finement brodé, étudiait son demi-frère avec un froncement de sourcils.

— Pourquoi souris-tu ? Ce n'est pas une question bête. Tu règnes sur Themos et tu devras un jour te marier, tu sais. Nous n'avons pas le choix, ni l'un ni l'autre.

Malgré la solennité de sa déclaration, Saif avait parlé sans rancœur et sans apitoiement. Angel dissimula un sourire derrière sa tasse de café ; son frère avait un sens de l'honneur très admirable, quoiqu'un peu naïf. Angel n'avait jamais eu le luxe de se bercer d'illusions de cette façon. Saif, dès sa naissance, avait été protégé et choyé par son père. Angel, de son côté, n'avait connu ni la sécurité ni la chaleur d'un foyer uni. Pourtant, il n'aurait jamais admis que son enfance avait laissé des traces ; il n'était pas du genre à geindre sur son sort. Mais il avait bel et bien été éduqué par des domestiques, envoyé très tôt en pensionnat, et s'il avait vénéré ses parents de loin, à cette époque, ils étaient restés distants et intouchables, comme des divinités.

Bien sûr, en grandissant, il avait fini par comprendre qu'ils ne méritaient pas le piédestal qu'il leur avait construit. La réalité l'avait brutalement frappé au visage lorsqu'il avait trouvé sa mère au lit avec son meilleur ami, lui aussi adolescent, à l'âge de quinze ans. Voir son père se laisser sombrer dans la débauche n'avait pas aidé à protéger ses illusions. Il avait appris, à ce moment-là, que tout l'argent et tous les privilèges du monde ne pouvaient contrebalancer l'indécence, l'égoïsme et le mauvais goût.

Néanmoins, Angel avait pris soin de préserver la délicatesse de son frère. Il ne lui avait pas dit toute la vérité sur leur mère, qui avait abandonné Saif et son premier mari, l'émir d'Alharia, pour s'enfuir avec son propre père, le roi Achille de Themos. Nabila n'avait jamais repris contact avec Saif. Elle et son second époux étaient morts dans un accident d'hélicoptère quand Angel avait seize ans. Il avait préféré laisser Saif dans l'ignorance et ne pas lui confier les secrets les plus honteux d'une mère qu'il n'avait jamais connue.

— Tu as raison, concéda-t-il avec un demi-sourire. Mais je n'aurais jamais accepté un mariage arrangé avec une fiancée que je n'ai jamais rencontrée, moi.

— Tu connais l'état de santé de mon père…

— Oui, et je sais aussi que tu vas devoir, un jour ou l'autre, arrêter de le prendre avec des pincettes.

Saif se raidit, les sourcils froncés.

— Tu m'en veux de lui cacher notre relation, n'est-ce pas ? Je suis désolé, Angel. Je ne peux rien te proposer d'autre que de te cacher ici au lieu de t'inviter publiquement à mon mariage.

— Nous ne sommes pas des enfants, Saif. Et nous ne faisons rien de mal. Nous ne devrions pas avoir besoin de cacher que nous sommes frères et que nous avons repris contact. Notre mère a trahi ton père, c'est vrai, mais notre lien de sang est plus précieux que la somme de leurs erreurs.

Le trouble froissa les traits de Saif – il était trop honnête pour ne pas admettre qu'il était en faute.

— Je lui en parlerai, en temps et en heure. Je te le promets.

Angel secoua la tête ; il ne voulait pas blesser son frère, et surtout pas lorsqu'il s'apprêtait à épouser une inconnue. Il sourit et reprit la plaisanterie où il l'avait laissée.

— Je ne voudrais pas d'un mariage arrangé par des conseillers, mais j'ai déjà choisi mon épouse, tu sais.

— Tu es amoureux ? s'étonna Saif.

— Dieu du ciel, bien sûr que non ! Je ne suis pas amoureux, et Cassia ne l'est pas non plus. Mais elle est parfaite pour le rôle. Elle sera une très bonne reine. Je n'en ai pas encore parlé avec elle, mais je connais son pragmatisme.

— Cassia ! s'exclama Saif sans cacher sa consternation. La blonde glaciale ?

Il se reprit immédiatement, néanmoins, et pinça les lèvres, mortifié d'avoir réagi si impulsivement.

— Je suis navré, je ne devrais pas…

— Non, non ! dit Angel en riant. Tu as raison, Cassia et l'iceberg du *Titanic* sont probablement cousins germains. Mais c'est le genre d'épouse que je recherche. Je ne pourrais pas faire confiance à une femme gouvernée par ses émotions. Je ne veux pas qu'on me trompe, ni qu'on se moque des apparences. Cassia sera parfaite. Elle correspond exactement à ce dont j'ai besoin, en tant que prince de Themos. Il n'y a pas vraiment d'attraction entre nous, mais nous pourrons discuter de ce point-là et de la production d'un héritier le moment venu. Qui plus est, nous n'avons pas besoin de nous marier tout de suite ; je n'ai que vingt-huit ans, et elle vingt-cinq. Nous pouvons attendre. En revanche, selon la constitution de Themos, je ne peux pas être couronné roi avant d'avoir pris femme et d'avoir eu un enfant. Donc tu as raison : je finirai par en avoir la nécessité.

Saif croisa les bras et haussa un sourcil sombre.

— Tu sais très bien qu'un arrangement aussi calculateur

ne fonctionnera pas pour toi, Angel. Tu as plus de cœur que tu ne l'admets. Même si Cassia est la candidate parfaite, à un moment ou à un autre, tu voudras quelque chose de *plus*.

Angel rit de nouveau. Son frère était si sentimental, pour un homme aussi grave ! Non, lui-même était loin d'être romantique, mais il avait beaucoup d'affection et de respect pour Saif. Il retint de justesse la réflexion narquoise qui lui brûlait la langue. Il n'avait jamais été amoureux et il ne croyait pas à la passion. Pour lui, l'amour n'était qu'une façon d'excuser les comportements les plus affreux. Sa mère avait proclamé qu'elle avait quitté l'émir d'Alharia par amour pour son père. Bien sûr, elle n'avait pas mentionné qu'elle était déjà enceinte de lui, à ce moment-là, ni qu'elle avait abandonné un nourrisson en quittant Alharia. Trop souvent, Angel avait vu ses proches souffrir ou *faire* souffrir sous prétexte qu'ils étaient amoureux – tromperies, mensonges, trahisons. Il n'était pas cynique, seulement réaliste. Il savait ce que Cassia lui offrirait, et son détachement cartésien lui convenait parfaitement.

— Il faut que je retourne à la réception, soupira Saif. Je suis navré de ne pas pouvoir t'inviter aux festivités, Angel.

Après avoir posé sa tasse sur la table d'appoint, Angel se leva d'un bond.

— Non, tu as eu raison de me cacher, Saif, dit-il doucement. Tu me connais, je suis venu sur un coup de tête en découvrant que tu allais te marier ; mais quelqu'un m'aurait forcément reconnu pendant la célébration. Ne t'inquiète pas, d'accord ?

Saif opina du chef, mais son acquiescement ne dissimulait pas sa tristesse. Les deux frères s'étreignirent rapidement. Ils ne pouvaient rien y changer pour l'instant : Angel restait le fruit du scandaleux remariage de leur mère, et il ne serait pas bienvenu dans le cercle familial de l'émir. Cela changerait après la mort de ce dernier, sans aucun doute. En attendant, Saif faisait passer le bien-être de son père avant tout. Angel ravala son ressentiment. Il ne pouvait pas en vouloir à Saif et il n'avait certainement pas le droit de lui envier sa relation avec son père.

Son frère le guida dans une grande galerie, ouverte sur les jardins en contrebas. Le palais d'Alharia était une grande et vieille bâtisse, pleine de recoins secrets. Soudain, dans la cour ensoleillée, l'éclat flamboyant d'une chevelure rousse attira son regard.

— Qui est-ce ? s'enquit-il en observant la jeune femme qui jouait avec deux enfants en bas âge.

— Aucune idée. Avec un uniforme pareil… Ce doit être une nourrice. Elle doit appartenir à l'un des couples invités.

Appartenir ? Angel haussa un sourcil amusé. Une nourrice n'était pas un animal de compagnie. Était-il aussi distant avec son personnel que son frère semblait l'être ? Non, sans doute pas. Il avait passé son enfance avec des domestiques ; il n'avait jamais développé la hauteur innée des têtes couronnées. Les employés de ses parents lui avaient donné l'affection qu'il n'avait jamais reçue ailleurs. Il les voyait comme les individus qu'ils étaient, et non comme les accessoires de son confort quotidien.

— Désolé, dit-il en souriant. J'ai toujours eu un faible pour les rouquines.

Pour *une* rouquine, tout particulièrement. Il jeta un nouveau coup d'œil dans la cour. Cela ne pouvait pas être… *elle*. Évidemment. La dernière fois qu'il l'avait vue, elle réussissait brillamment ses études à Cambridge. Il doutait qu'elle soit devenue nourrice cinq ans plus tard. Et dire qu'il pensait encore à elle aujourd'hui… C'était risible ! Risible, et pourtant… Il se souvenait de ses bottes de combat, de sa repartie facile, de ses iris plus bleus et plus profonds que les légendaires saphirs Diamandis.

Il se retint de lever les yeux au ciel. Peut-être l'idéalisait-il parce qu'elle l'avait quitté la première.

— Oui… Je vois ça, répondit Saif, visiblement amusé, en souriant à son tour. Tu es un incurable Casanova, Angel. Mais je suis heureux que tu puisses vivre ta vie comme tu l'entends.

— Tu y parviendras aussi, Saif.

Angel serra l'épaule de son frère avec compassion. Il espérait de tout son cœur que Saif puisse trouver un équilibre entre ses devoirs et sa liberté. Saif était un fils dévoué, et il serait sans doute, même s'il n'avait pas choisi son épouse, un mari fidèle. En tant que futur émir d'un pays très traditionnel, Saif ne pourrait sans doute pas vivre comme il l'entendait… Mais qui savait ? Il souhaitait tout le bonheur du monde à son aîné.

Et, Dieu soit loué, ses propres sujets n'exigeaient pas de lui qu'il soit un modèle de perfection ! L'île méditerranéenne de Themos était une nation indépendante et libérale, un paradis fiscal prisé par les puissants et célèbre pour ses paysages enchanteurs. La famille royale des Diamandis était d'origine grecque et régnait sur Themos depuis le XVe siècle. Ils avaient gardé la main sur le trône pendant toutes ces générations grâce à leur fameuse ingéniosité politique et à d'adroites alliances à l'international. Leur armée était petite, mais leurs parts financières étaient assez formidables pour leur garantir une place à la table des grands de ce monde.

Angel jeta un dernier coup d'œil à la jeune femme avant de tourner au coin du couloir – à l'éclat de ses cheveux roux, sobrement domptés dans une longue tresse. Sous le soleil, ils brillaient comme du cuivre poli.

Saif l'abandonna devant sa suite. Angel poussa la porte et s'engouffra dans l'élégant salon ; l'espace avait le mérite d'être confortable, quoique Angel soit bien conscient que ses appartements restaient une prison dont il ne pouvait sortir sans l'autorisation de Saif, puisqu'il ne devait pas montrer son visage à Alharia.

Il admettait volontiers qu'il n'avait pas songé aux risques d'incidents politiques quand il avait sauté dans son jet. Il avait pensé que le mariage serait une célébration si immense et si extravagante qu'il se serait perdu dans la foule. Bien loin de là, l'union de Saif s'était déroulée en privé, avec l'émir et la famille de la mariée pour seuls témoins. En apprenant qu'il ne pourrait participer ni à la cérémonie ni à la réception, Angel avait été exaspéré ; depuis, il rongeait son frein. Il avait rarement l'occasion d'être déçu et restreint.

Son téléphone vibra dans sa poche. C'était son équipe aérienne : on avait localisé un défaut dans le train d'atterrissage. La situation avait été prise en main, mais il faudrait compter au moins une nuit sur place. Angel grimaça et enfonça les mains dans ses poches. Il allait devoir tuer le temps dans cette pièce surannée, sans aucune de ses distractions habituelles.

Gabriella passa de nouveau en revue les chaînes disponibles, en vain. Elle parlait la langue, mais rien ne l'intéressait. De toute façon, elle n'aurait certainement pas pu s'installer devant la télévision ; elle était d'une humeur morose, agitée. Elle se leva avec un soupir et s'étira. Au moins, elle avait pu retirer son uniforme et passer une de ses robes, maintenant que son service était terminé. Elle travaillait pour une agence de garde d'enfants internationale depuis un mois seulement et elle n'avait accepté que des placements provisoires. Après deux ou trois mauvaises expériences sur des missions à long terme, elle voulait tâter le terrain avant d'accepter un nouveau poste à domicile. Seulement voilà : si garder des enfants richissimes lors d'un mariage à Alharia semblait ridiculement glamour sur le papier, elle s'était en réalité ennuyée à mourir depuis son arrivée. Elle comptait les heures qui la séparaient de son vol de retour, le lendemain. À part une heure dans l'après-midi à superviser deux petits en bas âge, elle avait passé son temps à se tourner les pouces. La plupart des invités avaient laissé leurs enfants à la maison ou étaient venus avec leur propre nourrice. Elle était parfaitement inutile.

Elle aimait le travail bien fait. Elle aimait participer à la vie de ces familles, aider les enfants à s'épanouir. Ses parents et son petit frère étaient morts dans un accident de voiture quand elle avait quatorze ans, et l'abominable souffrance de cet événement suffisait encore à la faire trembler d'angoisse. Le deuil avait transformé sa vie du jour au lendemain – son adolescence s'était éteinte ce jour-là. Elle avait dû devenir une adulte bien avant d'en être capable. La petite sœur de sa mère, Janine, l'avait prise à sa charge avec réticence. Elle était trop jeune pour éduquer une adolescente et trop focalisée sur sa carrière pour lui fournir l'attention nécessaire. Janine avait utilisé la majorité des fonds laissés par ses parents pour l'envoyer dans un pensionnat renommé. Gaby avait bénéficié d'une admirable éducation, et Janine s'était dédouanée de ses responsabilités quotidiennes.

Gaby avait décidé très jeune qu'elle voudrait travailler comme nourrice après avoir terminé ses études. Naïvement, elle avait cru que vivre au sein d'une famille pour s'occuper des enfants apaiserait son chagrin et le sentiment de sa propre solitude.

Elle avait tort, bien sûr. Elle se demandait maintenant s'il ne valait pas mieux réfléchir à une autre carrière. Elle avait des facilités, c'était certain : elle avait obtenu son master en langues modernes à Cambridge, où elle avait excellé ; elle pouvait s'exprimer plus ou moins facilement dans six langues. Elle aurait sans doute pu prétendre à un poste junior dans une entreprise. Néanmoins, elle avait actuellement un excellent salaire et elle hésitait à revenir en arrière. Elle se servit un verre de Coca, pensive, puis sortit de sa chambre par la porte vitrée. Elle avait vécu beaucoup de désillusions et elle se sentait minée, ébranlée. Valait-il mieux changer de chemin ou avancer avec détermination en attendant des jours meilleurs ?

Dans l'air frais du début de soirée, des lanternes de verre coloré oscillaient doucement sous les arches végétales. La petite cour était déserte et fraîche. De hauts palmiers jetaient leurs ombres dansantes sur les carreaux de terracotta, et une fontaine murmurait doucement au centre d'un bassin circulaire. La nuit était tiède et parfumée. La nurserie dans laquelle elle avait passé la journée était ancienne et visiblement inutilisée, et sa chambre était très dépouillée, mais la petite cour adjacente avait un charme fou. Elle s'assit sur un banc de pierre. Demain, elle repartirait pour Londres et contacterait l'agence pour sa prochaine mission. Elle ne voulait pas rester trop longtemps chez Janine. Elle n'avait jamais été proche de sa tante. Il valait mieux qu'elle trouve un poste à domicile, pour se donner au moins le temps de prendre des décisions à long terme. C'était plus pratique pour tout le monde. Même si…

Elle secoua la tête et ravala l'angoisse qui lui nouait la gorge. Non. Elle ne laisserait plus jamais personne l'intimider. Elle ne laisserait pas la peur régir sa vie.

La rouquine était là, de nouveau, en contrebas, assise dans la lumière déclinante du crépuscule, à l'ombre des palmiers. Angel s'arrêta dans la galerie. D'ici, il ne devinait que le galbe pâle de ses jambes. Il se prit à sourire et, sans réfléchir plus longtemps, il traversa le couloir et descendit l'escalier en colimaçon qui menait à la petite cour.

Arrivé sur les tommettes de terracotta, il s'arrêta net. Sous les lumières dansantes des lanternes, ses cheveux roux brillaient comme un brasier – de cette nuance parfaite et vivace, la même nuance que…

C'était impossible ; cette inconnue ne pouvait pas être Gabriella Knox, la jeune étudiante qu'il avait rencontrée des années auparavant. Et pourtant… Et pourtant… Un élan d'intense familiarité le frappa de plein fouet. C'était elle, c'était bien elle ! Elle était là, exactement comme dans son souvenir. Non – pas exactement. Elle était encore plus belle que lorsqu'elle avait dix-neuf ans. Son visage ovale était un peu plus fin. Ses cheveux étaient magnifiques ; sa peau était pâle et délicate. Il se souvenait de ses courbes, de ses bras ronds, de ses jambes galbées – cinq ans plus tôt, son corps avait hanté tous ses fantasmes.

À cette époque, il avait rationalisé son attraction pour elle : il s'était convaincu qu'elle le menait par le bout du nez parce qu'elle ne lui était pas tombée dans les bras. Avant et après Gabriella, Angel n'avait jamais eu de difficultés dans sa vie sexuelle. Il ne prenait pas de risques : il n'avait pas *besoin* de prendre de risques. Les femmes l'adoraient. Mais pas elle. Gabriella était restée campée sur ses positions et lui avait toujours tenu tête.

Pourtant, ses demandes n'avaient pas été déraisonnables. Bon nombre de femmes les avaient acceptées sans aucun problème. Gabriella, elle, semblait considérer qu'il avait mis en péril sa liberté. Pour des raisons évidentes, il avait besoin de discrétion ; mais elle avait été trop honnête, trop impulsive, trop indépendante pour accepter ses règles. Il était méfiant : il avait déjà rencontré trop d'inconnues intéressées par son statut et par le scoop qu'elles pourraient vendre après une nuit dans son lit. Non pas que son peuple le juge pour ses frasques, mais Angel ne voulait pas marcher dans les pas de ses parents. Tout cela aurait été sordide. Il se fichait de sa réputation de don Juan, mais il n'appréciait pas que la presse imprime les détails intimes de sa vie privée et des photos de lui prises à son insu.

— Gabriella… ? murmura-t-il.

Gaby sursauta, foudroyée de stupeur. Elle avait d'abord cru rêver, mais non, c'était bien lui, en chair et en os. Revoir Angel lui fit l'effet d'une onde de choc. Elle se sentit immédiatement renvoyée aux angoisses de sa jeunesse et à l'humiliation aiguë de leur dernière rencontre.

Pendant quelques semaines, elle avait été folle amoureuse d'Angel Diamandis. Bien sûr, il lui avait brisé le cœur et, après une terrible dispute pendant laquelle elle avait hurlé et lui avait jeté des bibelots à la tête, leur histoire s'était brutalement interrompue. Sa seule consolation, c'était qu'*elle* avait rompu avec lui, plutôt que le contraire, et n'avait pas voulu écouter ses excuses. Quoi qu'il en soit, ils ne s'étaient pas séparés à l'amiable et, quand il avait terminé ses études, elle avait appris la nouvelle de son retour à Themos avec soulagement. Au moins, elle n'aurait jamais l'occasion de recroiser son chemin… Jusqu'à aujourd'hui.

— Angel…

Sa voix n'était qu'un murmure étouffé. Il était si grand, et sculpté comme un athlète : les épaules larges, un torse musclé, les hanches étroites et de longues jambes puissantes. Elle avait oublié sa beauté, son aura. Aujourd'hui, il portait un costume exquisément bien taillé. Il était d'une élégance à couper le souffle. Le moindre de ses gestes exsudait la sophistication et l'assurance que lui avaient insufflées, sans aucun doute, son statut et sa richesse. Même en jean, il avait réussi à la troubler d'un simple coup d'œil échangé, elle s'en souvenait : sa grâce féline et son aisance étaient inimitables. Oui, elle le détestait toujours, même après toutes ces années. Alors pourquoi restait-elle, vulnérable et fascinée, les yeux fixés sur lui ?

Cinq ans avaient passé. Il valait mieux prendre sur elle. Cacher son hostilité. S'il découvrait qu'elle pensait toujours à lui, même avec colère, son ego vorace ne ferait qu'une bouchée d'elle. Elle voulait être calme, froide, pragmatique.

Il avançait vers elle, maintenant ; les lumières douces des lanternes et l'éclat déclinant du soleil l'auréolaient comme un halo. Les ombres dansaient sur sa peau hâlée, sur le tracé de ses pommettes hautes et de sa bouche large et sensuelle. Il était toujours beau – non, il était toujours sublime, comme sorti tout droit d'un rêve. Elle avait eu du mal à y croire, la première fois qu'elle l'avait rencontré. Elle avait trébuché, dans son inattention, et s'était écorché les genoux. Incroyablement, Angel avait remarqué sa chute ; pire, il avait traversé la cour pour l'aider à se relever et lui proposer un café. Angel était si imprévisible. Impulsif.

Esclave de ses caprices.

— J'imagine que tu étais invité au mariage ? dit-elle, pour combler le silence et échapper à l'attrait de ses souvenirs.

Dieu merci, sa voix était stable et claire.

— Quelque chose comme ça, oui.

Angel lui offrit un de ces haussements d'épaules nonchalants dont il avait le secret, à la fois insolent et charismatique.

— Mais toi, qu'est-ce que tu fais au palais d'Alharia ?

— J'adorerais rester pour discuter, mentit Gaby avec un sourire forcé, mais je suis épuisée et j'allais retourner dans ma chambre.

Elle s'était déjà levée ; Angel cligna des yeux.

— Gabriella ! Tu n'es quand même pas *encore* en colère ?

Gaby se raidit et leva le menton, les joues brûlantes.

— Bien sûr que non !

— Alors tu ne verras pas d'inconvénient à prendre un verre avec moi.

Ah… Il avait le chic pour tourner chaque conversation à son avantage.

— Ça ne serait pas du tout approprié, Angel.

— Je ne suis jamais approprié.

Il lui décocha un petit sourire espiègle, mais elle resta de marbre, et il secoua la tête en voyant que la plaisanterie était tombée à plat.

— Oh ! allez. Ne sois pas rabat-joie. Nous revoir ici après toutes ces années, c'est une coïncidence incroyable ! J'adorerais prendre un peu de tes nouvelles.

Gaby retint une repartie acerbe. Non, elle voulait garder le contrôle d'elle-même et de cette conversation. Ils n'avaient même pas eu le temps d'avoir une vraie relation à l'époque : quelques rendez-vous suivis d'une rupture fracassante avant d'avoir pu commencer quoi que ce soit. Il valait mieux faire comme si de rien n'était. Angel était astucieux et il connaissait trop bien les femmes. Il devinerait qu'elle lui en voulait encore pour ce qui s'était passé entre eux, et elle aurait l'air à la fois énamourée et immature.

— Très bien, répondit-elle sans le regarder.

Elle se souvenait que, même à l'université, son cercle d'amis avait pris soin de toujours l'appeler « Majesté ». Elle n'avait jamais fait de même. Elle n'avait pas refusé d'utiliser son titre par rébellion, à l'époque : elle était toujours surprise lorsque son vrai statut reprenait ses droits. Angel lui avait très tôt demandé de l'appeler par son prénom, et lorsqu'ils étaient seuls elle oubliait qu'il était prince. Il était simplement… Angel.

Et elle ne pouvait aimer qu'Angel. Elle était trop ordinaire pour un prince ; pire, pour l'héritier du trône. Il était incroyablement riche, alors qu'elle était entrée à Cambridge à l'aide d'une bourse. Il était libertin et expérimenté, alors qu'elle était encore vierge. Elle avait passé son temps à ignorer les fossés qui les séparaient, parce qu'elle le voulait, lui. Heureusement, elle n'était pas assez désespérée, même à cette époque, pour abandonner ses droits et signer le contrat qu'il avait voulu lui imposer !

Et quand elle lui avait dit *non*, un mot qu'il n'avait probablement jamais entendu, il était passé à autre chose, tout simplement. L'attention d'Angel était aussi enivrante qu'un rayon de soleil, et tout aussi inconstante.

Elle le suivit en prenant soin de ne pas trahir sa nervosité. Plutôt que de sortir de la cour, il la guida jusqu'à l'escalier en colimaçon qui jouxtait la galerie.

— Où allons-nous ?

— Ma suite est à l'étage au-dessus.

— Oh ! je suis surprise que nous soyons installés dans la même aile, j'avais l'impression que c'était une partie un peu secondaire du palais. On m'a mise ici parce que les enfants peuvent être bruyants, mais toi…

— J'ai été invité à la dernière minute et je suis arrivé en retard, répondit Angel sans ciller.

Il mentait. Elle ne savait pas pourquoi il mentait à propos de quelque chose d'aussi trivial, mais elle avait appris à en reconnaître les signes, cinq années plus tôt. Quand Angel cachait quelque chose ou déformait la vérité à son avantage, il paraissait toujours à l'apogée de son calme languide, aussi posé qu'un grand félin. Elle savait, maintenant, que sous ses airs espiègles se cachait un esprit logique, manipulateur et brillant. Elle l'avait découvert lentement à l'époque. Et pourtant ses défauts l'avaient fascinée plutôt que d'aiguiser sa méfiance. Il avait fait des pieds et des mains pour attirer son attention, pour l'impressionner avec sa richesse, son éducation, son humour. Elle l'avait laissé approcher, intriguée par son esprit stratège, sans songer un instant qu'il saurait utiliser ses faiblesses contre elle.

— Des enfants ? Tu t'occupes d'enfants, ici ?

Il lui ouvrit une porte qui, heureusement, menait dans un grand salon plutôt que dans une chambre.

— Oui, je suis nourrice. C'est une mission courte.

— Nourrice ? Mais pourquoi ?

— C'est extrêmement bien payé, et j'aime voyager, dit-elle d'un ton léger. Où sont tes gardes du corps ? Je croyais que tu ne te déplaçais jamais sans eux.

— Le palais est bien gardé.

Angel avait laissé son équipe de sécurité dans un hôtel de la ville pour ne pas attirer l'attention en arrivant au palais. Il se tourna vers Gabriella et lui sourit.

— Je peux t'offrir un verre ?

— Je croyais que l'alcool était interdit, ici ?

— Non. L'émir désapprouve, mais il ne limite pas ses invités.

Angel laissa courir son regard sur elle. Elle l'aurait sûrement giflé si elle avait su que sa robe blanche était légèrement translucide dans la lumière de sa suite et qu'il profitait allègrement de la vue. Elle ne portait pas de soutien-gorge : il pouvait deviner le renflement délicat de ses seins et le rose de ses tétons ; plus bas, l'esquisse subtile de sa culotte blanche et le galbe de ses cuisses. Il se sentit durcir et s'arracha à sa contemplation, amusé par sa propre excitabilité. Il voyait des femmes sublimes bronzer à moitié nues tous les jours, et voilà qu'il s'échauffait d'entrapercevoir un téton ? Décidément, Gabriella avait le chic pour le troubler plus que de raison.

— Du rosé, alors. Ou du vin blanc. Peu importe, dit Gaby.

Elle se sentait ridicule, à rester plantée là. Elle se détourna et traversa la pièce pour s'asseoir sur le sofa en satin terriblement inconfortable qui trônait au centre. Le menton levé, en prenant soin de paraître aussi indifférente qu'elle le pouvait, elle s'enquit :

— Alors ? Tu voulais prendre des nouvelles ?

Angel n'était pas dupe : il entrait en terrain miné. Heureusement, il avait toujours été un excellent équilibriste.

— Comment vont tes meilleures amies… Les jumelles blondes ?

C'était la question parfaite : aucune controverse possible, et la nostalgie fit fleurir sur la jolie bouche de Gabriella un adorable sourire. Elle leva enfin les yeux vers lui.

— Tu te souviens de Liz et Laurie ? Elles se sont toutes les deux spécialisées en master pour devenir professeures et elles sont mariées.

— Mariées ? s'exclama Angel. À ton âge ?

— Et Liz a eu son premier enfant. Un petit garçon. Il est adorable.

Angel grimaça légèrement, comme si parler avec tant d'enthousiasme d'enfants en bas âge était embarrassant.

— C'est vrai… Tu as toujours adoré les enfants. J'imagine que je ne devrais pas être surpris que tu aies décidé de travailler avec eux. Mais il y a tellement d'autres choses à faire dans la vie…

— Les orgies avec la jet-set, ce n'est pas vraiment mon style, rétorqua Gaby.

Elle aurait aimé se dire qu'elle soutenait son regard pour le provoquer, mais elle ne pouvait tout simplement pas détourner de lui son attention. Il était magnétique. Sa simple présence absorbait l'oxygène et la lumière : elle avait l'impression d'être éblouie. Elle avait la bouche sèche et la gorge nouée.

Elle se souvenait de toutes les étudiantes qui s'étaient pâmées devant lui, à l'université. Un homme aussi beau ne pouvait être qu'excessivement vaniteux.

Angel déboucha une bouteille de vin en lui décochant un sourire insupportablement impudent.

— Ah… Je me demandais combien de temps tu mettrais à insulter ma réputation. Tu n'as pas traîné.

Avec un regard de défi, auquel il ne répondit qu'avec un clin d'œil espiègle, elle attrapa le verre de vin qu'il lui apporta.

— Je n'ai rien dit. Tu interprètes mes propos.

Angel rit doucement.

— Tu as tellement de préjugés contre moi… Tu en es consciente ? Au lieu de reconnaître l'attirance que nous avons l'un pour l'autre, tu préfères me voir comme le diable incarné. Ça a toujours été le cas, Gabriella. Tu ne m'as jamais laissé la chance de te montrer qui je suis.

— Oh ! comment oses…

— Quoi, tu vas te mettre à crier et à m'insulter ? À casser un vase ou deux ? Je crois que tu tiens à faire du bruit pour t'assurer que tu n'entendras pas ce que j'ai à dire, déclara Angel, toujours parfaitement maître de lui-même.

La colère bouillait dans ses veines, mais elle brida violemment la tentation de l'invectiver. Angel la fixait toujours. Dans ses yeux fauves, une étincelle de défi dansait comme une flamme. Elle resta résolument assise, déterminée à ne pas lui faire le plaisir d'agir exactement comme il l'avait prédit. Elle avala une longue gorgée de vin.

— J'ai grandi, depuis notre dernière rencontre, rétorqua-t-elle, le dos raide.

Elle respirait trop vite ; personne ne la rendait folle comme Angel parvenait à le faire avec quelques mots bien placés. Il avait le don de l'embraser.

— Prouve-le-moi, susurra-t-il. Bois ton verre. Parle-moi de toi. Profite de la soirée.

2.

— De quoi veux-tu parler, Angel ?

— De ton travail, par exemple. Tu aimes être nourrice ?

Il s'installa gracieusement dans un fauteuil tout proche, le visage nonchalamment incliné sur son poing fermé. Gaby ne pouvait qu'envier son évidente décontraction. Elle tenta discrètement de détendre ses épaules nouées, sans succès.

— Mes deux premières missions se sont très bien passées. J'ai pu voyager et pratiquer mes langues étrangères. C'est pour ça que mon profil est attractif dans le milieu : beaucoup de familles riches veulent éduquer leurs enfants dans un environnement bilingue, voire trilingue, et commencer les cours de langues très tôt.

Angel haussa les sourcils, le regard aiguisé.

— Mais… ?

Gaby grimaça. Il était trop perspicace.

— Mes deux dernières missions ont été plus compliquées. D'abord, la première famille voulait me transformer en bonne à tout faire à toute heure du jour et de la nuit pour justifier mon très bon salaire…

— Oh ! tu vivais avec eux ?

— C'est souvent le cas, oui.

— Mmm. Ça fait de toi une proie facile, remarqua-t-il.

Elle grimaça, les yeux baissés sur son verre.

— J'imagine, oui. Mes services et mes horaires sont listés dans mon contrat, mais j'ai dû démissionner quand j'ai vu qu'ils ne seraient jamais respectés. C'est toujours dur de quitter les enfants. Je les aimais beaucoup. Cela dit, c'est avec la famille suivante que j'ai eu le plus de difficultés.

Elle s'interrompit. Le silence était lourd et intense. Angel l'examinait attentivement. Il avala une gorgée de vin avant d'insister :

— Quelles difficultés, Gabriella ?

Elle leva enfin ses beaux yeux bleu sombre vers lui et mordit sa lèvre inférieure. Il savourait la beauté de son visage expressif, de ses cheveux épais et éclatants. Savait-elle à quel point elle était adorable, même lorsqu'elle fronçait ainsi les sourcils, boudeuse et distante ?

— Le plus gros problème, c'était le mari, dit-elle, et sa déclaration le ramena brutalement sur terre. Sa femme et ses enfants étaient vraiment adorables, mais… il me mettait très mal à l'aise.

Angel se pencha en avant. Il n'aimait pas du tout ce préambule. Il serra les dents, soudain en alerte.

— Mal à l'aise ?

— Il m'a proposé de prendre un verre avec lui, un jour que sa femme était en voyage à l'étranger. J'ai refusé, et il n'a pas insisté, mais il a commencé à passer plus de temps avec moi et les enfants. Je ne pouvais pas vraiment refuser sa présence. J'ai veillé à garder une distance très professionnelle, mais ça ne servait à rien. Il me faisait beaucoup de compliments, il était assez tactile… Toujours de façon très innocente, rien que j'aurais pu signaler comme inapproprié. Il restait un peu trop proche, dans mon espace personnel. Il me dominait de toute sa taille et cherchait mon regard. Ce genre de choses. C'était intimidant.

Angel retint son souffle. Ses phalanges avaient blanchi autour de son verre. Il s'efforça de détendre sa poigne et de desserrer les dents.

— Alors tu es partie ?

— Pas tout de suite. Ma chambre était au sous-sol, et il a commencé à descendre presque tous les soirs. Il faisait les cent pas dans le couloir. Je suis sortie une fois pour lui demander ce qu'il faisait, et il m'a dit qu'il réorganisait le cellier. Peut-être que c'était la vérité. Ça a duré des semaines, en tout cas. Chaque fois que je levais les yeux, il était là, dans mon champ de vision. Il attendait que je le regarde. J'étais de plus en plus nerveuse. J'ai essayé de l'éviter, sans succès. Je vivais chez lui, je n'avais aucune issue. J'avais peur de ce qui risquait d'arriver s'il décidait d'aller plus loin.

Gaby détourna brutalement le regard pour cacher les larmes qui lui étaient montées aux yeux ; elle se sentait ridicule. Pourquoi lui avouait-elle tout cela ?

— C'est normal que tu aies eu peur, Gabriella.

La voix d'Angel la fit sursauter, toute proche. Il s'assit près d'elle et posa la main sur la sienne.

— Il jouait avec toi. Tous ces signes n'étaient pas anodins. J'imagine que tu étais parfois seule dans la maison avec lui ?

Elle hocha la tête, soulagée qu'il mette des mots sur l'une des angoisses qu'elle n'avait pas voulu verbaliser.

— Oui. Quand sa femme partait en voyage, la tension était insoutenable. J'essayais de sortir ces soirs-là pour ne pas croiser son chemin. Mais il était encore debout quand je revenais, et il m'accueillait avec une familiarité qu'il ne montrait pas quand sa femme était là.

Elle était reconnaissante à Angel de ne pas mettre en doute sa version des faits. Elle n'avait parlé de cette période à personne : elle avait craint qu'on la soupçonne, elle, d'avoir aguiché son employeur richissime. Mais Angel soutenait son regard, et sur son visage, à sa grande surprise, elle découvrit une compassion sincère. Il passa un bras autour de ses épaules, et la chaleur de son soutien la toucha profondément.

— Ne pleure pas, s'il te plaît. Tu ne dois des excuses à personne, tu sais ? Ce n'est pas ta faute. Ça a dû être une expérience terrible, et ce n'est pas ta faute, répéta-t-il.

Gaby inspira profondément et posa son verre sur la table

basse. Ses mains tremblaient. Elle se laissa aller dans le cercle réconfortant de ses bras.

— Je me suis sentie faible et stupide. J'avais l'impression d'être en danger, mais je ne savais pas comment l'expliquer rationnellement. J'avais peur d'être paranoïaque ou ridicule. J'avais peur d'avoir encouragé ses avances sans m'en rendre compte. Je me sentais… impuissante.

Angel recula pour la regarder bien en face.

— Non. Gabriella ? Non. Et tu as bien fait d'écouter ton instinct. C'était un jeu de pouvoir. S'il ne parvenait pas à avoir une liaison avec toi, il pouvait au moins s'amuser à te faire peur. Heureusement que tu es partie ; qui sait ce qu'il aurait fait si tu étais restée plus longtemps à sa merci ?

— C'est ce que j'ai pensé aussi, dit Gaby en frissonnant. Je ne voulais pas m'incliner face à ses intimidations, mais j'avais peur qu'il finisse par m'attaquer. J'ai démissionné et averti mon agence. Malheureusement, cela m'a aussi passé l'envie de prendre des missions long-terme à domicile.

— Et donc tu es ici, à Alharia, pour quelques jours, alors que tu es largement surqualifiée ?

— C'est ça, répondit Gaby en souriant. J'avais besoin d'espace. De temps pour réfléchir à ce que je veux faire ensuite.

Elle leva les yeux vers lui. Son regard était plein d'une telle admiration qu'elle sentit son estomac se nouer.

— Tu n'es pas faible du tout, Gabriella. Tu es la personne la plus forte que je connaisse, je crois.

Elle déglutit difficilement, troublée par sa sincérité. Elle se sentait… comprise et soutenue. Elle avait été si seule, ces derniers mois.

— Je ne pensais pas que tu étais du genre à admirer la force chez une femme, murmura-t-elle.

— Je ne suis pas un saint, c'est vrai, admit Angel, et je n'étais pas particulièrement fan de ta force de caractère quand elle était tournée contre moi.

Son honnêteté lui arracha un petit rire. Elle s'était toujours sentie un peu fiévreuse quand il était sincère avec elle : comme si entendre la vérité de sa bouche était un privilège, entre les numéros de charme et les ruses politiques. Embarrassée d'être si facilement charmée, elle nicha son visage brûlant dans sa veste de costume, un geste impulsif venu tout droit du passé. Pensait-il vraiment qu'elle était forte, même à l'époque ? Alors il se trompait : elle s'était simplement cachée derrière la colère pour protéger son ego et sa fierté. Pendant leur relation, elle avait été tourmentée par sa propre vulnérabilité. La tentation de succomber à leur attraction mutuelle l'avait torturée – elle avait lutté contre le désir d'accepter une aventure sans lendemain plutôt que la relation qu'elle espérait en secret. Elle avait presque souhaité qu'il lui mente, à l'époque. Qu'il lui donne une excuse. Qu'il lui promette un avenir, simplement pour qu'elle finisse dans son lit. Mais non : Angel n'avait pas menti. Il voulait coucher avec elle, rien de plus, rien de moins. Le souvenir de cette conversation l'humilia plus profondément encore, et elle se pressa contre son épaule solide.

Son parfum chaud la submergea, douloureusement familier, douloureusement enivrant. Elle reconnut instantanément son eau de Cologne et l'odeur épicée de sa peau dorée. Malgré elle, un frisson la traversa. Immédiatement, instantanément, elle avait faim de lui. Son magnétisme n'avait pas faibli. C'était ce désir dévastateur qui l'avait effrayée, à dix-neuf ans. Elle ne voulait que lui, ne pensait qu'à lui ; elle avait passé des semaines sur le qui-vive, tendue, troublée, enfiévrée. Secouée de retrouver des sensations qu'elle pensait oubliées, elle releva brusquement la tête et recula.

Le regard d'Angel l'attendait, incisif.

— Toujours aussi tactile, remarqua-t-il.

— Toujours.

Il inclina vers elle son beau visage, et elle retint son souffle. Il semblait sur le point de l'embrasser. Elle voulait, plus que tout, qu'il l'embrasse. Mais les obstacles qui les avaient séparés cinq ans plus tôt étaient toujours en place, n'est-ce pas ? À l'époque, Angel avait contrecarré toute complication lors de ses liaisons. Il avait voulu lui faire signer un accord de confidentialité avant de sauter le pas – apparemment, il avait fait de même avec ses autres amantes. Mais Gaby avait refusé de signer, et cette décision avait sonné le glas de leur très brève histoire. Elle avait refusé d'être traitée comme une menteuse, et Angel avait refusé de prendre le risque de lui faire confiance.

— Tu sens… la rose, c'est ça ? murmura Angel, les yeux plongés dans les siens.

Il avait des prunelles ensorcelantes, sombres et jaspées de brun et d'or, ourlées de longs cils épais. Impossible de détourner le regard.

— Oui, c'est… Hum, les crèmes laissées à ma disposition dans ma chambre, murmura-t-elle.

Le temps avait-il ralenti ? Elle avait l'impression que chaque seconde durait des heures, que chaque souffle vibrait entre eux comme un tambour d'alerte.

— Tu devrais retourner sur ton fauteuil, dit-elle.

— Ça n'a pas changé, hm ? J'ai l'impression de brûler quand je suis près de toi, répondit Angel avec une simplicité désarmante.

Son souffle chaud caressa sa joue, et leurs regards s'accrochèrent une dernière fois avant qu'il fasse glisser le pouce sous son menton pour l'embrasser.

Pour l'embrasser… Elle n'avait jamais été embrassée comme Angel l'embrassait ; avec ferveur, avec chaleur, dans un élan qui fit immédiatement déferler en elle une houle de manque. Ses mains trouvèrent la plaine rigide de son torse, le relief puissant de ses épaules, et plongèrent dans ses épais cheveux sombres ; elle l'attira à elle aussi passionnément qu'il l'attirait à lui.

La langue d'Angel trouva la sienne, taquine. Gaby resserra son étreinte et pressa les cuisses sur le pouls brûlant de sa convoitise. Elle enlaça sa nuque, arquée contre son torse, dans l'espoir insensé que sa proximité puisse apaiser l'avidité électrisante qu'il avait éveillée en elle. En vain : elle le voulait plus encore. Lorsqu'il rompit le baiser pour reprendre son souffle, elle était haletante.

— Ça méritait d'attendre, murmura-t-elle.

Angel rit doucement, ensorcelé par le bleu de ses iris et le rose échauffé de ses joues.

— Je n'ai pas envie d'arrêter…, admit-il.

— Je n'ai pas l'intention de signer quoi que ce soit.

Malgré son air de défi et son regard rebelle, elle ne s'écarta pas. Ses yeux cherchèrent les siens. Elle secoua la tête et, d'une main délicate, caressa sa pommette.

— Est-ce que tu peux me faire confiance, cette fois-ci ?

— Je ne me balade pas avec des accords de confidentialité dans la poche, tu sais, railla-t-il. Et, encore une fois, les précautions que je prends pour me protéger ne sont pas personnelles. Je n'ai jamais voulu t'insulter. Je ne fais confiance à personne, c'est tout.

— Et je pense que c'est triste.

Gaby était sincère sur ce point ; mais il y avait plus grave et plus urgent. Elle n'arrivait pas à croire qu'elle venait de lui proposer d'aller plus loin. Elle l'avait envoyé sur les roses une heure plus tôt, et voilà qu'elle…

C'était si facile. Si naturel. Si instinctif. Inévitable. Elle le désirait de tout son être. Cinq ans plus tôt, elle avait lutté contre son attraction pour lui ; elle avait tenu bon, mais seulement parce qu'elle avait pensé que le prince charmant l'attendait sans doute au coin de la rue et qu'Angel n'était qu'une lubie de passage.

Elle avait été naïve. Dieu savait qu'elle avait tenté de retrouver une attraction aussi innée, aussi passionnée. Mais la vraie vie avait repris son cours après Angel. Une vie sans saveur. Gaby avait rencontré d'autres hommes : des imbéciles autoritaires qui l'avaient palpée sans son autorisation et avaient essayé de draguer ses amies derrière son dos ; des hommes bien aussi, respectueux et polis, et pour qui elle n'avait rien ressenti d'autre que de la sympathie. Aucun n'avait éveillé en elle ne serait-ce qu'une once du brasier qu'Angel faisait rugir en elle.

Elle avait appris sa leçon. Elle avait parfois regretté d'avoir laissé partir Angel. Mais elle savait qu'elle n'aurait jamais signé son contrat. Ses principes valaient mieux que la passion. Elle releva les yeux vers Angel.

Il haussa les épaules.

— Je ne trouve pas ça triste, juste réaliste.

Il se pencha sur elle et l'embrassa de nouveau, juste assez pour lui laisser le goût de lui avant de reculer.

— Dis-moi si je vais trop vite pour toi. Je suis désolé d'avance. Je suis très impatient ; je t'ai attendue si longtemps. La première fois risque d'être plus passionnée qu'appliquée. Mais je me ferai pardonner la deuxième fois, et la troisième…

Gaby se sentit rougir jusqu'à la racine des cheveux et reprendre le baiser là où il l'avait interrompu. Elle n'avait jamais parlé de sexe ouvertement avec un partenaire. Quand elle était plus jeune, elle avait fait semblant d'être plus expérimentée qu'elle ne l'était, puis elle avait compris que tout le monde avait une expérience et un point de vue différents sur le sexe. Elle avait cessé de mentir, et ses amis ne jugeaient pas son manque de pratique, tout comme elle ne jugeait pas leurs décisions dans ce domaine.

Mais ce n'était pas la même chose, ce soir-là. Ce soir-là, ledit manque de pratique avait des conséquences bien réelles. Elle frissonna contre la bouche exigeante d'Angel, les sens en éveil, le cœur battant. Il fit glisser la bretelle de sa robe d'une main languide et pleuvoir une traînée de baisers sur son épaule. Elle respirait trop vite ; lorsqu'elle rencontra son regard, alors qu'il relevait la tête, il lui sourit largement.

— Allons dans une pièce plus appropriée, souffla-t-il.

Il se leva d'un bond et lui tendit la main ; elle la prit avec un petit rire et le suivit à grands pas jusqu'à la chambre. Malgré sa nervosité, elle était légère, excitée, bouillonnante. Il la fit entrer dans une chambre immense et l'attira jusqu'à l'immense lit ornementé. Sa chambre de nourrice n'avait rien à voir avec le faste de sa suite ; le contraste était si violent qu'elle songea, de nouveau, au fossé qui les séparait toujours. Elle n'était rien, juste une jeune femme seule, sans ressources. Il avait tous les pouvoirs : il était en passe de devenir roi. Elle ne voulait pas en plus lui avouer qu'il serait son premier amant. C'était une inégalité de trop, et elle connaissait Angel, il la trouverait étrange d'avoir attendu si longtemps. Ou alors, il craindrait qu'elle attache une importance indue à leurs ébats. Non, elle préférait éviter cette conversation.

Angel recula et retira sa veste et ses chaussures avec une hâte qu'il ne se connaissait pas. Il releva ensuite les yeux vers Gabriella, qui l'attendait toujours sur le lit. Gabriella… Le couronnement d'un fantasme qui l'avait si longtemps consumé. Sans la quitter des yeux, échauffé par le poids de son regard bleu sur lui, il déboutonna sa chemise, ouvrit son pantalon et se redressa de toute sa taille, face à elle. Le désir pulsait en lui. Il était déjà dur et prêt à la prendre.

Gaby avait cessé de respirer ; elle buvait du regard le corps d'Angel, enfin dénudé, enfin offert à elle : les lignes racées de son torse, l'éclat doré de sa peau hâlée, le relief de ses muscles… Ses yeux glissèrent le long de son buste comme une caresse et suivirent le chemin de poils sombres qui se perdait, suggestif, sous l'élastique de son caleçon. Là, elle marqua une pause, et son cœur trébucha. Même à travers l'étoffe, elle pouvait clairement deviner la forme saillante de son érection.

Il la rejoignit sur le lit, et elle l'embrassa avec ardeur tandis qu'il faisait passer sa robe blanche au-dessus de sa tête. En découvrant sa poitrine nue, il laissa échapper un soupir d'admiration.

— Tu es magnifique, murmura-t-il, la voix rauque, en prenant ses seins en coupe pour cajoler ses tétons tendus.

Elle frissonna sous sa caresse et se laissa basculer sur le lit en l'emportant avec elle. En quelques secondes, elle était nue ; il avait fait glisser sa culotte le long de ses jambes et retiré son propre caleçon. Elle l'enlaça passionnément, et leurs lèvres se trouvèrent de nouveau, affamées. Elle sentait son sexe contre son ventre, le poids de son corps sur le sien. Il s'arracha à leur baiser pour glisser le long de son cou et s'attarder sur ses seins. Il titilla son téton, d'abord du pouce, ensuite de sa bouche experte. Elle s'arqua sous lui et ne put retenir un gémissement. La sensation de sa langue et de ses dents lui faisait perdre la tête. Lorsqu'il fit glisser la main le long de sa taille et de ses hanches pour trouver son clitoris, elle était déjà au bord de l'extase. La caresse savamment cadencée de ses doigts la surprit et l'emporta sur les cimes de la jouissance à une vitesse éblouissante. Une onde de choc la transperça ; secouée, ébranlée, aveuglée, elle se laissa longuement submerger par le plaisir avant de reprendre ses marques et de le chercher du regard, vaguement mortifiée.

Si vite ! Elle avait perdu le contrôle si vite…

— Je vois que tu es aussi prête que moi, dit Angel, appréciateur, en caressant sa jambe encore tremblante.

Gaby n'eut pas le temps de trouver de riposte spirituelle ; Angel s'était redressé et s'installait entre ses cuisses. Elle retomba en arrière et ferma les yeux. Elle ne laisserait pas sa timidité lui gâcher l'expérience ; et, elle devait bien l'admettre, elle avait hâte de découvrir l'étendue des talents d'Angel. Elle retint son souffle, électrisée. Lorsqu'il posa sa bouche sur elle, elle dut retenir un soupir étranglé ; son corps entier pulsait d'impatience, d'anticipation. Le rythme assuré de sa langue faisait grimper son ivresse à une cadence effrénée ; plus rien n'existait autour d'elle, rien d'autre que les caresses lascives d'Angel et le plaisir insoutenable qui la consumait en réponse ; elle s'entendit crier son nom, transportée, et s'arqua à sa rencontre.

Angel n'avait pas fini, néanmoins ; il remonta souplement à sa hauteur et l'embrassa avec exaltation, son corps dur et puissant pressé contre le sien. La tête lui tournait. Elle lui rendit son baiser au centuple, avide, et savoura la pression de son membre entre ses cuisses – de son membre, et… Qu'est-ce que c'était ?

Angel s'arrêta brutalement.

— Une seconde. Il me faut un préservatif.

Il exhuma un sachet carré d'un tiroir et, comme il se penchait en arrière pour passer la protection, elle aperçut ce qu'elle avait senti contre sa peau, quelques secondes plus tôt : la froideur d'un piercing. Elle tendit la main pour caresser les perles de métal qui couraient sur son membre.

— Je me demandais…

— C'est une échelle de Jacob. Je me suis fait percer quand j'avais dix-huit ans. Je voulais être le mec le plus cool de mon groupe d'amis, expliqua-t-il en souriant. Ça m'a fait un mal de chien et ça a mis un temps fou à cicatriser, mais les femmes apprécient. Certaines m'ont même dit qu'elles prenaient plus de plaisir avec, ajouta-t-il, amusé.

Gaby toussota, un peu intimidée. Décidément, avec un homme comme lui, elle était dépassée. Les mains de part et d'autre d'elle, Angel se pencha en avant, les yeux étincelants.

— Je ne passe pas la nuit entière avec mes amantes, en général, mais je crois que j'ai envie de faire une exception. Prépare-toi à un marathon légendaire.

— Et en quoi consistera ce marathon, exactement ?

— Autant de sexe que nous aurons l'énergie d'en supporter, répondit Angel avec une assurance irrésistible.

Et elle lui enviait tant cet aplomb sans faille, cette hardiesse sexuelle cultivée par des années d'expérience. S'il comprenait qu'elle était vierge…

— Je n'ai pas eu de relations depuis longtemps…

— Combien de temps ?

— Des mois, mentit-elle avec précaution, sans oser croiser son regard. J'ai beaucoup bougé, cette année.

Angel s'abaissa pour mordiller sa lèvre. Ses mains couraient sur son corps encore tremblant. De nouveau, elle se sentit s'éveiller sous ses doigts. Le désir rugissait dans ses veines, plus puissant que sa nervosité, et vibrait jusqu'au plus profond d'elle-même.

— J'imagine que tu es très exigeante, remarqua Angel. J'ai de la chance d'avoir été sélectionné.

Elle rit contre sa peau.

— Oh ! pitié, tu n'es pas crédible quand tu fais semblant d'être humble !

— Profites-en pendant que tu en as l'occasion, *kardoula mou*, susurra Angel avant de saisir ses fesses d'un mouvement souple.

Sans effort, il arqua le bassin et la pénétra d'un coup de reins. Au fond d'elle-même, la souffrance et le plaisir entrèrent en collision, et son cœur s'accéléra. Elle enfouit le visage dans son épaule, submergée par le parfum ensorcelant de sa peau. Elle devait rester détendue. Elle desserra les dents : avec un peu de chance, ce premier sursaut d'inconfort serait aussi le dernier. Elle se sentait terriblement vulnérable mais, lorsqu'il se mit à bouger, un plaisir incroyable étouffa sa douleur. Il plongea plus profondément en elle, et un gémissement lui échappa. Elle était de nouveau impatiente, follement impatiente. Elle se cambra contre lui, ondula avec lui pour suivre son rythme et éperonner ses coups de reins, les doigts crispés sur ses épaules larges. Une fièvre torride la parcourait, encore aiguisée par les sons de leur plaisir mêlé. Elle lui communiqua son extase d'un baiser brûlant – elle voulait qu'il aille plus vite, plus fort, toujours plus fort. Soudain libérée de toute pensée, de toute réalité, elle s'abandonna à ses instincts et se laissa emporter par l'orgasme brûlant qu'il faisait croître en elle. Il jouit avec elle dans un cri, submergé par la même houle de sensations frénétiques.

Lorsque le calme retomba entre eux, Gaby s'aperçut que des larmes de joie lui montaient aux yeux. Elle garda les paupières closes. C'était stupide. C'était une réaction purement physique. La preuve qu'elle avait pris la bonne décision en choisissant Angel pour sa première fois. Il était à la hauteur de sa réputation.

Et, puisqu'il ne passait jamais la nuit entière avec une femme, elle n'avait aucune envie de briser ses mauvaises habitudes. Il était temps pour elle de reprendre ses distances.

— Je vais retourner dans ma chambre, murmura-t-elle.

Angel fronça les sourcils.

— Non. J'aimerais que tu restes. J'étais sérieux. Je veux profiter des heures que nous avons ensemble.

Gaby l'examina attentivement. Il était sincère. Et il était clair, à demi-mot : il voulait qu'elle reste, maintenant, mais les heures qu'ils partageraient seraient les dernières. Son modus operandi n'avait pas changé : une seule nuit de sexe, rien de plus.

— Gabriella…, dit-il encore.

— Désolée, je réfléchissais.

— Si tu veux vraiment partir, je peux t'accompagner.

Elle rit doucement.

— J'ai un lit simple et une chambre minuscule. Ce n'est pas trop ton style.

— Alors choisissons le confort. Je n'ai pas envie de te laisser partir, pas tout de suite. C'était spectaculaire, non ?

Il n'avait pas remarqué qu'elle était vierge, alors. Dieu merci ! Le compliment l'aida à se détendre. Elle avait craint de perdre la face. S'humilier devant Angel était le pire des châtiments. Elle hocha la tête et l'embrassa langoureusement.

Pendant qu'il passait rapidement dans la salle de bains, elle resta au lit et savoura la vue avec délectation. La lumière du lustre soulignait les lignes puissantes de son corps comme de l'or. À sa grande surprise, elle n'avait aucun regret. Elle se sentait… incroyablement sereine. Tout était parfait. Il n'y avait aucun témoin, pas de presse. Personne n'en saurait jamais rien, et le secret de leur liaison avait quelque chose de facile et d'intime. Au petit matin, peut-être que leurs interactions seraient un peu embarrassées ; mais son vol était prévu pour midi. Elle tournerait très bientôt la page.

C'était… juste une parenthèse.

— Je ne peux pas faire la grasse matinée, annonça-t-elle.

— Ne t'inquiète pas, je me réveille toujours aux aurores, répondit Angel en revenant vers le lit, prêt à reprendre leurs ébats.

Dans la lumière de l'aurore, debout devant le lit, Angel contempla longuement Gabriella endormie. Ses cheveux roux cascadaient sur l'oreiller comme une rivière de lave, intense et brûlante. Elle dormait profondément, les joues rosies par le sommeil. Il secoua la tête avec un sourire, attendri malgré lui.

Il savait qu'ils partageaient une connexion particulière. La nuit avait été inoubliable… Mais c'était terminé. Angel ne faisait pas dans les aventures compliquées, et Gabriella compliquerait nécessairement les choses. Il avait pris un risque calculé en passant la nuit avec elle sans contrat de confidentialité, mais toute relation suivie nécessiterait des mesures qu'elle n'accepterait sans doute pas. Il l'avait dans la peau, il ne pouvait pas le nier ; mais il n'était pas aussi faible que son père. Il ne se laisserait jamais contrôler par ses pulsions. Il était assez fort pour partir sans se retourner. Il ne la reverrait plus jamais – plus *jamais*, jura-t-il pour lui-même.

3.

— Tu as d'autres options, Gaby, commenta Liz.

Plusieurs semaines avaient passé depuis le voyage de Gaby à Alharia. Elle était aujourd'hui installée dans la cuisine de son amie Liz, et leur conversation n'était pas aussi insouciante que d'habitude. Gaby grimaça.

Elle avait d'autres options, c'était vrai. L'avortement et l'adoption. Elle avait réfléchi aux deux, mais ni l'un ni l'autre ne lui convenaient. Elle avait toujours rêvé d'avoir une famille. Malgré le contexte on ne peut plus compliqué, elle ne pouvait pas nier qu'elle était excitée à l'idée d'être mère. Ce n'était pas optimal, mais elle était capable d'être mère célibataire. Elle se débrouillerait et trouverait, pour commencer, des solutions alternatives à ses missions de garde sur les dernières semaines de grossesse. Elle était enceinte de trois mois : elle avait encore un peu de temps pour reprendre le contrôle de la situation.

Elle ne comprenait pas comment elle avait pu tomber enceinte, néanmoins. Une seule nuit à Alharia… Une nuit qui la tourmentait encore. Elle s'était éveillée seule dans la suite d'Angel, comme un coup d'un soir aussitôt oublié. Une servante l'avait réveillée aux aurores, comme Angel avait promis de le faire, avec un petit déjeuner au lit. Gaby avait refusé de rester, trop en colère et trop mortifiée. Elle était retournée dans sa chambre pour réunir ses affaires.

D'accord, elle ne s'était pas attendue à des larmes d'adieu et un baiser de cinéma, mais tout de même : comme d'habitude, Angel l'avait traitée comme une moins que rien. Même pas un au revoir. Même pas une note d'excuse. Il avait préféré s'éclipser comme un voleur.

— Si tu veux garder le bébé, tu vas devoir demander un soutien financier, continua Liz. C'est difficile et très cher d'élever un enfant toute seule.

Gaby retint un grognement. Elle voyait mal Angel réagir positivement à ce genre de nouvelle. Peut-être qu'une injonction de payer le forcerait à lui verser une rente, mais elle était prête à parier qu'il ne voudrait jamais assumer sa paternité. Il serait furieux, hostile, amer. S'il l'avait su à temps, il aurait certainement insisté pour qu'elle ne garde pas le bébé. Angel avait toujours été paranoïaque vis-à-vis des femmes qui voulaient utiliser sa renommée et son statut : il ne serait pas enchanté d'apprendre qu'il devait maintenant gérer les ramifications d'un enfant illégitime dans sa vie publique.

— Je lui dirai dans quelques mois.

— Tu ne devrais pas attendre aussi longtemps, Gaby… Donne-lui le temps de s'habituer à l'idée. Il a aussi le droit de savoir.

Gaby frotta son visage avec une grimace.

— Je sais… C'est égoïste, mais je n'en ai aucune envie. En plus, rien n'est encore sûr. Je pourrais faire une fausse couche.

— Gaby…

— Écoute, je préfère attendre le dernier mois.

— Je n'arrive toujours pas à croire que tu aies eu la malchance de retomber sur Angel Diamandis à l'étranger et en tête à tête, soupira Liz. C'est incroyable, non ? De revoir ton premier amour comme ça !

— Angel n'est pas mon premier amour ! lança Gaby avec un frisson d'horreur.

— Oh ! pitié. Tu étais folle de lui. On ne pouvait pas le supporter, Laurie et moi. C'était un tombeur, et il était très habile. Quand il t'a proposé ce contrat… Non, tu as bien fait de refuser. Il t'aurait fait beaucoup de mal si tu étais restée avec lui. Et maintenant regarde où tu en es !

— Je suis une grande fille, Liz. J'avais envie de lui, c'est tout. Certes, je ne m'attendais pas à cette conséquence…

Angel s'était protégé, pourtant. Il avait peut-être été imprudent, une fois, mais il s'était retiré presque aussitôt. Sur le moment, elle n'avait eu aucun doute.

— Si j'avais pris la pilule, je n'aurais pas eu de problème. J'aurais dû être plus prudente aussi. Mais bon, je n'avais pas prévu d'avoir une liaison à Alharia.

— Non, ce n'est pas ta faute. Angel devrait avoir un système bien rodé. C'est lui qui passe de lit en lit !

Des pleurs s'élevèrent dans une pièce toute proche, et Liz se leva d'un bond.

— Je vais chercher Robbie.

Gaby resta dans la cuisine et posa la main sur son ventre. Elle avait vu son bébé, une fois, sur l'écran de l'échographie, et cette image avait immédiatement volé son cœur. Elle avait des solutions alternatives plus raisonnables, mais elle et son bébé étaient une équipe, maintenant. Elle ne changerait pas d'avis.

Elle avait découvert son état dans la plus totale des surprises. Elle avait été si occupée par des missions de courte durée aux quatre coins de l'Europe qu'elle n'avait pas remarqué le retard de ses règles. Elle s'était enfin posé la question lors du troisième mois. Elle en avait parlé à Liz et Laurie et leur avait aussi avoué son aventure à Alharia. Les jumelles lui avaient conseillé de faire un test, mais le résultat l'avait tout de même abasourdie. Elle avait été si certaine qu'elle et Angel avaient pris leurs précautions…

Elle n'avait pas l'intention de laisser la panique la submerger, néanmoins. Elle finirait par contacter Angel, au moment propice. Il n'avait aucune intention de la revoir, c'était clair. Il n'avait jamais essayé de la recontacter. Et, de toute façon, elle ne voulait pas le revoir non plus ! Un coup d'un soir n'était pas une relation. Certes, elle ne pouvait s'empêcher de le juger : l'homme qui avait un jour inondé son appartement de magnifiques bouquets de fleurs dans l'espoir de l'impressionner l'avait ensuite abandonnée dans son propre lit. Son attitude en disait long sur ce qu'il avait toujours désiré obtenir. Mais c'était sans importance : les sentiments qu'elle avait un jour portés à Angel étaient depuis longtemps enterrés.

Elle se souvenait de leur première rencontre. Son petit groupe d'amis, tous membres de l'élite mondiale, l'avaient regardée avec curiosité, sans comprendre pourquoi Angel lui prêtait attention. Elle ne s'en était pas inquiétée. Elle était hypnotisée par ses yeux mordorés, par sa voix rauque. Lorsqu'il l'avait invitée à dîner, elle avait ri de la proposition, perplexe. Elle lui avait répondu qu'elle avait trop de travail pour sortir. Elle avait menti, bien sûr. Mais l'obséquiosité de ses congénères lui avait fait comprendre qu'il était réellement prince et, au lieu de l'encourager, cette prise de conscience l'avait convaincue de garder ses distances. Elle n'avait rien à faire au bras d'un prince, même pour un soir.

Angel avait été choqué de son refus.

— Je te ferai changer d'avis, avait-il promis avec une assurance aussi royale que son titre.

Et, cet après-midi-là, les fleurs étaient arrivées chez elle par centaines, extravagantes, bigarrées, exotiques, nouées en bouquets ou livrées dans de magnifiques paniers tressés, jusqu'à ce que son appartement en déborde et qu'elle soit forcée d'en offrir à ses voisins et à ses amis.

Naïvement, elle avait associé les fleurs à la romance. Elle avait recroisé Angel à la bibliothèque, quelques jours plus tard, et avait accepté de prendre un café avec lui. À ce moment-là, elle avait été prête à accepter son invitation à dîner, s'il le lui avait proposé de nouveau ; mais, à la place, il lui avait annoncé qu'il devait repartir chez lui pendant trois semaines. Malheureusement, la distance et son absence n'avaient fait que nourrir sa fascination.

— Angel s'amuse avec les filles comme toi, avait commenté Cassia Romano à la fin d'un des rares cours qu'elles partageaient. Ne te fais pas d'illusions parce qu'il t'a sorti le grand jeu. Il change de proie comme de chemise.

Cassia, une grande blonde aux airs de top model, héritière désargentée d'un titre de l'aristocratie italienne, faisait partie de la clique d'Angel. Ce dernier semblait considérer Cassia comme une amie, mais Gaby n'était pas dupe. Cassia avait des projets plus ambitieux.

Gaby avait retrouvé Angel dès son retour en Angleterre et avait accepté de sortir dîner avec lui le soir même. Elle se souvenait de sa fébrilité.

— Nous n'avons rien en commun…

— Quelle importance ? avait tranquillement répliqué Angel. La vie est courte. Je profite de ma jeunesse et de mon célibat. Je ne cherche pas de relation sérieuse.

Et son honnêteté totale l'avait frappée comme un éclair, ce soir-là : un éclair d'avertissement, un éclair de déception. Bien sûr, Angel, prince régnant de Themos, ne voyait pas leur relation progresser au-delà d'une aventure sans lendemain. Pourquoi avait-elle été surprise ? Elle aurait dû cesser de le voir à ce moment-là : aujourd'hui, avec la sagesse de l'expérience, elle en était consciente. À l'époque, néanmoins… Elle avait allègrement excusé les défauts d'Angel. Elle avait continué d'espérer, de prier pour qu'il voie en elle ce qu'elle voyait en lui. Elle avait trouvé son honnêteté rafraîchissante. Séduisante. Elle avait décidé ce soir-là qu'Angel serait son premier amant. Elle n'avait jamais connu une attraction aussi foudroyante ; elle était prête à l'explorer.

— Tu ne seras qu'un énième trophée sur son tableau de chasse, avaient averti les jumelles.

— Et il sera le premier sur *mon* tableau de chasse, avait-elle rétorqué, bravache.

— Tu sais très bien que tu vas en souffrir, Gaby ! Tu es déjà complètement folle de lui. Tu voudras plus qu'une nuit.

Mais plus qu'une nuit n'était pas une option. Gaby ne voulait pas s'interdire quoi que ce soit sous prétexte que la réalité ne correspondait pas à un fantasme romantique. Seulement voilà : après deux autres rendez-vous, comme Angel prenait toujours bien soin de ne pas la toucher, elle avait fini par poser la question de but en blanc. Il lui avait expliqué qu'il ne prenait jamais le risque d'avoir une aventure avec une femme – ni même d'être entièrement seul avec elle – sans qu'elle ait signé un contrat de confidentialité. Ce serait une protection pour lui comme pour elle, avait-il ajouté. Lui non plus ne pourrait pas partager d'informations sur elle. Mais l'idée de devoir signer un contrat pour avoir le droit de se rapprocher d'Angel avait glacé Gaby. Elle avait accepté sans peine que leur liaison soit temporaire et sans attache ; mais elle ne pouvait pas supporter qu'on insulte son intégrité et que règne entre eux une méfiance si aiguë qu'elle nécessitait l'intervention administrative d'un tiers.

La méfiance qu'il cultivait à l'encontre de la totalité du genre féminin l'avait écœurée. Quant à l'opinion qu'il avait d'elle… Ils ne se connaissaient pas depuis longtemps, mais pensait-il vraiment qu'elle était intéressée par le statut ou la publicité ? Qu'elle chercherait à lui soutirer de l'argent ? Non, elle avait été catégorique : elle ne signerait pas son contrat. Il n'avait pas arrangé son cas en déclarant que *toutes les autres femmes* avaient accepté ses mesures sans broncher. Certes, il lui avait expliqué le détail du contrat, proposé de lui fournir un avocat pour qu'elle prenne connaissance de toutes ses clauses, mais en vain : elle n'avait pas failli à ses principes, même si cela signifiait d'abandonner ses désirs secrets.

Malheureusement, elle n'était pas parvenue à garder son calme pour autant. Elle avait crié qu'elle ne signerait rien, que tout était terminé entre eux. Angel s'était drapé dans la dignité aristocratique des Diamandis et avait répondu avec une froideur hautaine, une réaction qui l'avait blessée plus profondément qu'elle ne l'était déjà.

Le soir suivant, ses amies l'avaient persuadée de sortir plutôt que de se morfondre. Angel était à la même soirée. Il l'avait saluée d'un hochement de tête au passage et ne lui avait pas adressé la parole. Une heure plus tard, il était occupé à embrasser une autre étudiante sur le balcon, une femme qu'elle avait déjà vue avec lui. Le choc et la douleur s'étaient mués en fureur possessive. Tout était fini entre eux, mais elle avait espéré qu'il reviendrait, qu'il changerait d'avis. Lorsqu'il était retourné dans le salon, elle était passée près de lui et avait sifflé à son oreille qu'il n'était qu'un sale coureur.

Il avait enfin perdu son sang-froid. C'était la seule consolation de Gaby, aussi mesquine soit-elle. Il n'avait pas réagi en public, mais il était passé une heure plus tard à l'appartement qu'elle partageait avec les jumelles.

— Nous ne sommes plus ensemble. Je ne t'appartiens pas !

Elle lui avait jeté une peluche à la figure – elle s'en souvenait encore clairement, et ce souvenir faisait toujours monter en elle une bouffée de mortification.

Angel, néanmoins, avait réagi aussi sérieusement que si elle lui avait jeté une brique. Il l'avait foudroyée du regard et avait continué sur sa lancée :

— C'est toi qui as refusé de signer le contrat !

— Quel genre d'homme distribue des contrats de confidentialité, Angel ? avait-elle crié en projetant, cette fois-ci, une tasse en terre cuite.

Angel l'avait esquivée de justesse, et la tasse avait explosé contre la fenêtre derrière lui. Il avait franchi la distance qui les séparait et attrapé ses poignets, furieux.

— Tu es folle ou quoi ? avait-il sifflé, les yeux étincelants.

Ébranlée par la violence de ses propres émotions et embarrassée de son agressivité lorsque ses amies les avaient rejoints en catastrophe pour s'assurer que tout allait bien, elle s'était extirpée de sa poigne et avait reculé.

— Je n'ai pas l'intention de m'excuser, avait-elle lancé, puérile, le menton haut.

Voilà les derniers mots qu'elle avait partagés avec Angel, avant Alharia. Et c'était tout le problème : il faisait naître en elle une irrationalité qu'elle ne se connaissait pas. Avec lui, elle perdait le contrôle.

Angel ouvrit enfin le mail, les dents serrées. Il l'avait ignoré pendant des heures. Voir *ce* nom apparaître sur son écran avait avivé des émotions contraires, difficiles à maîtriser.

> J'ai besoin de te voir en personne au sujet d'une information urgente mais personnelle.

Un élan de déception l'assaillit. Il avait cru que Gabriella Knox était différente de ses autres amantes, mais ce message, reçu des mois après leur nuit à Alharia, était typique. Comme beaucoup de celles qui l'avaient précédée, elle voulait sûrement lui soutirer quelque chose. De l'argent, ou une autre nuit ensemble ? C'était l'option qu'il préférait, à choisir, mais il ne comptait pas succomber à la tentation. Ce serait trop risqué. Le souvenir de cette nuit-là le hantait toujours. C'était inédit : il évitait de revoir plusieurs fois la même femme, justement parce que cela ne faisait qu'augmenter la probabilité de complications ; et il n'avait jamais eu de problème pour passer à autre chose. Pourtant, depuis Alharia, il songeait à Gabriella plutôt que d'envisager d'autres conquêtes. Fantasmer sur elle était devenu plus excitant que de séduire une autre femme.

Alors non, décidément, il n'avait aucune envie de la revoir. Mais il ne pouvait pas laisser ce message sans réponse : il devait comprendre ses intentions pour mieux s'en défendre. Il viendrait avec son avocate. Aucune familiarité indue ne serait tolérée.

Trois semaines plus tard, Gaby descendit laborieusement du bus et leva les yeux vers l'hôtel où Angel lui avait donné rendez-vous. C'était un établissement aussi élégant qu'anonyme. Angel avait visiblement prévu de rester incognito. Il avait de bons instincts : il serait sûrement horrifié d'être vu en public avec une femme enceinte. Cela dit, elle avait fait son possible pour dissimuler sa condition.

Elle portait un large manteau d'hiver et un pull noir. Ils faisaient l'affaire, mais il était difficile de cacher une grossesse de huit mois. Elle n'avait pas eu l'intention d'attendre aussi longtemps pour lui apprendre la nouvelle ; il avait mis un mois à répondre à son mail, puis plus de deux semaines pour convenir d'un rendez-vous. Peut-être qu'elle était chanceuse : Angel aurait aussi bien pu ignorer sa requête, et dans ce cas-là approcher le prince de Themos aurait été un véritable enfer.

Elle savait qu'elle lui devait la vérité. Elle attendait son enfant, un garçon. Angel serait bientôt père et, quelle que soit sa réaction, il méritait d'être tenu au courant. De toute façon, elle n'attendait rien de lui.

— Mademoiselle Knox ? s'enquit un homme en costume lorsqu'elle entra dans le hall.

Il portait une oreillette et des lunettes noires.

— Oui ?

— Suivez-moi, s'il vous plaît.

Aussi vigilant qu'un garde du corps dans un film d'espionnage, l'homme la guida vers un ascenseur privé. Gaby s'inséra dans la cabine en cachant son sourire dans le col de son manteau. Elle pouvait bien rire un peu avant le moment fatidique. Faire part de sa grossesse à Angel ne s'annonçait pas drôle du tout. Il détesterait qu'elle l'ait mis dans cette situation, il détesterait n'avoir aucun contrôle sur ses conséquences. Il aimait maîtriser chaque aspect de sa vie. Une grossesse inattendue… Ce serait un vrai cauchemar, pour lui.

L'agent la mena dans un long couloir désert, puis une porte s'ouvrit à leur arrivée. Une femme brune les attendait dans le hall de la suite et la dévisagea avec froideur.

— Mademoiselle Knox ? Gabriella Knox ?

— Oui ? Et vous êtes ?

— Je suis là, Gabriella, lança la voix rauque et profonde d'Angel dans la pièce adjacente.

Rauque, profonde, et ourlée d'impatience.

Gaby déglutit avant d'aller le rejoindre. L'inconnue la suivit et ferma la porte du salon.

— Je ne pensais pas avoir besoin de spécifier que je voulais te voir *seul*, commenta-t-elle.

— Petronella Casey fait partie de mon équipe légale.

Gaby leva le menton, la nuque raide.

— Tu n'as pas besoin d'une avocate. Je n'ai aucune envie de te parler en présence d'un tiers, Angel.

Angel portait un costume anthracite superbement taillé avec une chemise lie-de-vin et des boutons de manchette en or. Il était… tout ce qu'il avait toujours été : grand, sublime, élégant, sophistiqué… Et d'un cynisme si profond qu'il avait réagi à un simple mail en appelant sa cavalerie d'avocats à la rescousse.

Il la regardait avec une distance nouvelle, comme si leur nuit à Alharia n'avait pas eu lieu. Comme si elle n'était qu'une inconnue. Sa froideur la blessa, bien sûr, mais elle s'efforça d'ignorer la douleur et de soutenir son regard. Après tout, chaque interaction avec Angel lui avait causé du chagrin, d'une façon ou d'une autre. Il était temps qu'elle s'y habitue.

L'avocate s'avança entre eux.

— Je vous assure que rien de ce que vous avez à communiquer à mon client ne sortira de cette pièce.

Mais Gaby n'avait pas l'intention de s'humilier en présence d'une inconnue. Cette conversation était privée, personnelle, difficile. Elle ne voulait pas de témoins.

— Je suis navrée, mais si vous ne nous laissez pas seuls c'est moi qui m'en vais.

— Gabriella, s'il te plaît, sois raisonnable, siffla Angel d'un ton qu'elle ne lui avait encore jamais entendu, un ton impérieux et froid comme la glace.

Il étudiait Gabriella avec frustration. Elle était ridiculement funèbre, ce jour-là : entièrement vêtue de noir, elle se noyait dans son grand manteau. Ses cheveux roux et sa peau pâle paraissaient plus lumineux encore sur cette palette sombre ; elle avait la clarté d'une étoile sur le ciel nocturne… Non, voilà qu'il se prenait à faire des métaphores ! Ridicule, il était ridicule.

— Sois raisonnable toi-même ! s'écria-t-elle. Je veux juste te parler en *privé*, Angel.

Petronella leva une main en signe d'apaisement.

— Je peux attendre dehors, monsieur Diamandis. Faites appel à moi si vous en voyez la nécessité.

Gaby croisa le regard de l'avocate et se sentit rougir. Si Angel semblait toujours parfaitement inconscient de ce qu'elle cachait sous son manteau, Petronella, elle, avait visiblement compris la situation. Elle s'éclipsa discrètement.

Angel hocha brièvement la tête en levant les yeux au ciel. Il avait de si beaux yeux – si chauds, marron et fauve, comme touchés de miel dans la lumière du soleil. Aujourd'hui, néanmoins, ils exsudaient une froideur dont elle ne le savait pas capable. Il haussa un sourcil, le visage sombre.

— Je t'écoute. Faisons vite, tu veux ? Je suis très occupé.

— Je peux savoir ce que j'ai fait pour mériter une telle impolitesse ?

Sa question sembla toucher juste : la honte colora ses pommettes hautes. Bien fait pour lui ! Il méritait d'être remis à sa place, même si le provoquer n'était pas vraiment dans ses intérêts, à ce moment précis.

— Je suis navré d'avoir été abrupt, dit-il. Nous ne nous sommes pas croisés depuis des mois. Je suis curieux de savoir pourquoi tu as brusquement exigé de me revoir.

— Je n'ai rien *exigé*, Angel. J'ai fait une demande courtoise. Mais, puisque tu es si impatient de te débarrasser de moi, je vais être aussi prompte que possible et limiter cette confrontation désagréable.

— Ce n'est pas une confrontation ! s'exclama Angel.

— Alors quoi d'autre ? Tu m'as accueillie avec ton avocate, rétorqua Gaby sans se démonter, les bras croisés. Ne t'inquiète pas, Angel. Je n'ai pas l'intention de te soutirer quoi que ce soit. Je suis venue par devoir, parce que tu as le droit de savoir que je suis enceinte.

Une onde de choc vibra sur la pièce. Elle leva les yeux vers lui et ne trouva sur son visage qu'une expression de pure aversion, éclatante de mépris.

— Enceinte ? Si c'est le cas, Gabriella, ça n'est certainement pas de *moi* !

4.

Gaby resta bouche bée. Elle n'avait même pas eu le temps d'expliquer la situation qu'il l'accusait déjà de mentir !

— Tu as l'air très sûr de toi, dit-elle en luttant pour garder sur le visage une expression parfaitement neutre.

Elle n'avait jamais vu Angel dans cet état : redressé de toute sa taille, les yeux étincelant de froideur, la mâchoire crispée, il était métamorphosé par une colère glaciale et létale.

— Je le suis. Tu sais combien de fois j'ai déjà eu droit à cette comédie ? railla-t-il, les lèvres incurvées sur un rictus méprisant. Quatre fois, Gabriella ! Tu es loin d'être originale. Je sais ce qui m'attend ensuite. Tu vas me menacer de me traîner en justice pour exiger un test ADN, puisque tu pourras te faire autant d'argent avec la publicité du procès que j'aurais été forcé de t'en verser s'il s'avérait que j'étais vraiment le père de ton enfant.

— Je ne veux pas de publicité. La seule chose que je ne refuserais pas, c'est un soutien financier pour notre enfant.

— Ce n'est pas *notre* enfant, lâcha Angel entre ses dents. Arrête ça, c'est d'une vulgarité incroyable. Je suis embarrassé pour toi, Gabriella. Si tu es enceinte, ce n'est *pas* de moi.

Gaby inspira lentement, profondément, et ferma les yeux. Des larmes de fureur lui nouaient la gorge. Si Angel avait dû faire face à des manigances pareilles, elle pouvait comprendre sa méfiance, mais son attitude était révoltante.

— Je ne suis pas là pour te piéger, Angel. Je veux juste…

— Pitié ! Tu es exactement comme les autres. Tu m'as

forcé à te retrouver ici pour essayer de faire passer l'enfant d'un autre pour le mien ! lança Angel d'un ton accusateur, les narines frémissantes de rage.

— Pourquoi es-tu si convaincu que mon bébé n'est pas de toi ? s'écria Gaby, agacée. Qu'est-ce qui justifie une telle conviction ? Est-ce que tu es stérile ? Ou tu penses peut-être que parce que tu es prince tes méthodes de contraception se doivent de t'obéir au doigt et à l'œil ?

— Mais pas du tout, railla Angel. Si j'en crois un nombre alarmant de mes amantes, la contraception me fait défaut tous les semestres !

— Donc tu as décidé de m'insulter et de me punir parce que tu as couché avec quelques femmes qui ont voulu se faire de l'argent sur ton dos. Tu trouves ça juste ?

— Tu m'as forcé à venir ici. En public. Qu'est-ce que je suis censé penser d'autre ?

Gaby se pinça l'arête du nez, tremblante de colère. Lorsqu'elle releva le visage, les yeux d'Angel brûlaient toujours de hargne.

— Je ne t'ai forcé à rien. Je t'ai demandé, poliment, de bien vouloir me voir en privé. Ce bébé, c'est *ton* enfant. Pouvons-nous en discuter comme des adultes ?

— J'en discute comme un adulte.

— Vraiment ? Tu as décidé d'ignorer la réalité en martelant que je suis une menteuse. Ce n'est pas comme ça que ça marche, Angel. Dans quelques semaines, je vais accoucher de ton fils.

— Et après, quoi ? Tu vas contacter un avocat et demander un test pour m'extorquer de l'argent ? Très bien. Nous reprendrons contact à ce moment-là. Avec un peu de chance, tu te seras lassée de ta petite mascarade d'ici là.

Gaby secoua la tête, atterrée. Certes, s'il était persuadé que l'enfant n'était pas de lui, c'était une stratégie efficace : tuer l'offensive dans l'œuf avec un test de paternité après la naissance du bébé. Mais son attitude la rendait folle. Comment pouvait-elle lui pardonner son irrespect ? Pourquoi était-il toujours si convaincu qu'elle cherchait à l'escroquer ?

— Bon. J'ai fait mon devoir en venant t'informer. Compte tenu de ta réaction, je n'ai rien d'autre à te dire. Fais-moi plaisir, ne croise plus jamais mon chemin, d'accord ? Moins je te vois, mieux je me porte.

Et, sur ces mots, Gaby sortit du salon la tête haute et claqua la porte de la suite derrière elle pour rejoindre seule l'ascenseur.

Petronella Casey, l'avocate d'Angel, revint dans la pièce après le départ de Gabriella. Angel s'était tourné vers la fenêtre et observait la rue en contrebas, l'esprit en ébullition. Il connaissait tous ces stratagèmes ; il avait vu sa mère tromper son père et le mener à la baguette ; il avait vu son père succomber à chaque nouvelle trahison, trop faible pour se confronter à elle. Il avait appris, à travers eux, combien les femmes pouvaient être malhonnêtes, et que sa propre force de caractère serait sa seule défense.

— Je sais que vous ne croyez pas un mot de ce que cette jeune femme vous a dit, remarqua Petronella, mais je pense que nous devrions prêter attention à sa déclaration.

— Elle ment, Petronella.

Il n'avait pas l'habitude de douter de ses instincts.

— Elle ment *forcément*, martela-t-il. Comme toutes les autres avant elle. Engagez un détective pour faire des recherches sur ses antécédents et son historique familial. Je veux avoir toutes les cartes en main pour la prochaine étape.

— Monsieur Diamandis… Je sais que plusieurs femmes ont déjà prétendu être la mère de votre enfant, mais il faut que vous soyez conscient d'une chose : statistiquement, il est possible que l'une d'entre elles finisse par dire la vérité.

— Sauf votre respect, Petronella, j'espère que vous vous trompez. Je vous rappelle que mon premier fils sera automatiquement considéré comme l'héritier du trône de Themos, qu'il soit illégitime ou non. Je n'ai pas le pouvoir de changer notre constitution.

Au-delà d'un chamboulement géopolitique, la panique qui lui retournait l'estomac était douloureusement intime : non, il ne voulait pas que son héritier soit illégitime et, pire que cela, il ne se sentait pas prêt à être père, pas tout de suite. Il n'était pas sûr d'en être jamais capable. Achille et Nabila de Themos ne s'étaient pas conduits comme de vrais parents. Il savait uniquement ce qu'un père ne devait *pas* être.

Gaby rentra chez Liz, les yeux brûlants de larmes, mais déterminée à retenir les sanglots qui lui nouaient la gorge. Elle n'avait jamais été aussi heureuse que Liz soit encore en congé maternité plutôt qu'au travail ; quand elle entra dans le salon, son amie se leva d'un bond, puis ouvrit les bras en voyant son visage. Gaby la serra contre elle avec reconnaissance.

— Horrible, alors ? murmura Liz.

— Plutôt horrible, oui, répondit Gaby en reniflant. Je peux oublier mon plan A. Angel n'a pas l'intention de participer. Il soutient que le bébé n'est pas de lui, alors…

— Il devra te payer une pension alimentaire quand tu auras prouvé sa paternité ! objecta Liz avec véhémence.

— Non, non. Si je peux survivre sans son aide, crois-moi, ni moi ni mon bébé n'aurons de contact avec lui. Je ne me tournerai vers la justice que si je suis vraiment dans le besoin.

Dans les mois qui suivirent, Angel se vit forcé, pour la première fois de sa vie, de revenir sur sa première impression. Pire encore, il était en proie à des émotions qu'il évitait d'habitude comme la peste : l'inquiétude, le désagrément, la déception, la frustration. Gabriella Knox avait décidé de disparaître de la surface terrestre, et avec elle l'enfant qui risquait bel et bien d'être *son* fils. Et le silence de Gabriella était une preuve très convaincante de son innocence…

Il passait à Londres presque tous les mois. Cette fois-ci, comme il rendait visite à l'agence d'investigation qu'il avait engagée afin de retrouver Gabriella, il apprit qu'on avait enfin une adresse potentielle. Après des semaines de stagnation, les choses avançaient. Il n'avait plus qu'à se rendre sur place et à lui proposer un accord.

Dans le jardin désert, Gaby sourit, le visage levé dans le beau soleil d'été. Il ne faisait pas encore très chaud, juste tiède et frais. Elle jeta le linge sec dans son panier et le rapporta à l'intérieur. Elle avait passé tout l'hiver dans cette ferme isolée, et ces mois de sérénité et de solitude s'étaient avérés très thérapeutiques ; ses blessures s'étaient refermées, ses doutes s'étaient évaporés, et elle était venue à bout du chaos de ses émotions et de ses regrets.

Elle posa le panier sur le canapé et sourit à Clara, qui l'attendait dans un fauteuil, au milieu de la grande pièce à vivre. Clara était la marraine de Liz : à soixante-quinze ans, elle était veuve et prévoyait d'emménager dans une résidence à la ville, à quelques dizaines de kilomètres. En attendant, elle avait accueilli Gaby et son bébé ici, à la ferme, au fin fond de la campagne écossaise. En échange, Gaby était son aide et sa femme de ménage, pendant qu'elle s'habituait doucement à sa vie de nouvelle mère.

Non pas qu'Alexios, qui lui souriait à cet instant depuis le tapis coloré aux pieds de Clara, soit un bébé difficile. Il ne lui ressemblait pas beaucoup, ni à Angel, d'ailleurs. Personne dans sa famille n'avait ces cheveux noirs et bouclés ni ces intenses yeux verts. À huit mois, Alexios avait déjà la bougeotte et essayait de parler ; il était heureux, énergique. Il avait l'assurance impulsive de son père. Il se montrait toujours curieux, joyeux et intrépide. Mais surtout, il était infiniment aimant. Et elle, en retour, l'aimait plus que tout au monde. Elle n'avait pas connu d'amour aussi profond depuis la mort de sa famille, lorsqu'elle avait quatorze ans.

Le rugissement d'un hélicoptère au-dessus de la ferme ne l'alarma pas immédiatement, car elles habitaient à quelques kilomètres d'une base militaire. Néanmoins, comme le tumulte croissait, elle alla se poster à la fenêtre pour jeter un œil à l'extérieur. À sa grande surprise, au lieu de continuer son chemin, l'engin venait de se poser dans le champ d'à côté, derrière le muret du jardin. Clara la rejoignit.

— Ce n'est pas un hélicoptère écossais, remarqua-t-elle. Qu'est-ce que c'est que ce drapeau ?

Oh ! mais Gaby, elle, connaissait bien ces rayures colorées et le dragon qui en ornait le centre. Elle étouffa une exclamation de surprise derrière sa main.

— C'est le père d'Alexios… Il nous a retrouvés !

— Il en a mis, du temps, remarqua Clara.

— Il ne voulait même pas du bébé !

— Il a peut-être changé d'avis, depuis. Va lui parler. Je m'occupe d'Alexios jusqu'à ce que tu sois prête à le présenter à son père, d'accord ?

Gaby tapota la main fine de la vieille femme. Elle avait trop de respect pour exprimer à voix haute son intention d'envoyer Angel sur les roses. Il ne rencontrerait pas Alexios de sitôt. À la place, elle hocha la tête et regarda la haute silhouette sombre et familière de son amour de jeunesse traverser la piste d'atterrissage improvisée, sauter le muret et marcher à grandes enjambées vers la porte de la ferme. Elle avait l'estomac noué. Angel avait dû enquêter sur elle. Il avait retrouvé son adresse. Il lui rendait visite sans prévenir. Comment osait-il ? Après l'avoir congédiée sans aucun scrupule, lors de leur dernière rencontre ? Elle était en colère – en colère qu'il fasse irruption ici, dans son havre de paix, plutôt qu'en terrain neutre, en colère qu'il revienne à la réalité si tardivement, alors qu'elle avait affronté les difficultés de cette grossesse entièrement seule.

Alors que la sonnette tintait faiblement, vétuste de n'être jamais utilisée, Gaby jeta un dernier coup d'œil dans le miroir de l'entrée. La masse de ses cheveux roux était retenue en chignon vague. Elle ne portait pas de maquillage et n'était vêtue que d'un jean et d'un pull ample. Elle était loin de ressembler aux concubines élégantes du prince régnant de Themos… Et tant mieux !

Elle n'arrivait pas à croire qu'Angel, avec son impudence habituelle, était venu jusqu'en Écosse pour lui donner des ordres ; car c'était sans aucun doute ce pour quoi il était là. Pour imposer des règles sur la vie qu'elle avait choisie sans lui lorsqu'il avait décidé qu'il ne voulait pas en faire partie. Au début, elle avait dû faire face aux besoins d'un nouveau-né alors qu'elle était encore épuisée et percluse, après sa césarienne. Elle avait passé des nuits, des jours sans dormir. Elle était livrée à elle-même : elle n'avait pas de soutien, pas de famille proche, personne avec elle, dans son appartement. Et, lorsque Alexios l'avait enfin laissée dormir, c'était l'angoisse de l'avenir qui l'avait tenue éveillée. Si quelque chose lui arrivait, Alexios serait seul, du jour au lendemain.

Gaby ouvrit la porte sans décrocher la chaîne de sécurité. À travers l'entrebâillement, le regard d'Angel la percuta de plein fouet. Il était toujours aussi magnifique. Son visage à faire pleurer les anges et soupirer les poètes, ses cheveux bruns et épais, ses yeux fauves et étincelants… Sa mémoire n'était jamais capable de rendre justice à sa beauté. D'habitude, lorsqu'elle se trouvait face à lui, elle frissonnait de désir et d'admiration. Aujourd'hui, néanmoins, son image lui fit l'effet d'un glaçon glissant sur son échine : elle haussa les sourcils, glaciale, et soutint son regard. Son physique ne pouvait pas adoucir l'humiliation qu'il lui avait fait subir dans cette chambre d'hôtel, neuf mois plus tôt. Pas cette fois.

— Tu es peut-être surprise de ma visite…, déclara-t-il.

— Légèrement.

Comme elle ne bougeait pas, Angel la jaugea d'un regard rapace, le genre d'œillade que seuls les rois pouvaient décocher sans honte, avec l'assurance d'un homme qui ne rencontre jamais d'opposition. Son audace ne fit qu'accroître le bouillonnement de sa colère.

— Je peux entrer ? dit-il.

— Non, siffla-t-elle, et elle lui claqua la porte à la figure.

Ce n'était peut-être qu'une solution temporaire, mais Dieu savait combien ce geste était satisfaisant. Elle fit volte-face pour tourner le dos à la porte, le souffle court, les bras croisés.

— Je ne vais pas partir, l'avertit Angel derrière la porte avant de se remettre à sonner.

Gaby serra les dents. Personne, *personne* n'avait le pouvoir de la rendre si folle de rage, seulement Angel.

— Tu trouves que c'est une réaction d'adulte ? remarqua-t-il avec hauteur, de sa diction insupportablement parfaite.

Elle serra les poings. Allait-il vraiment utiliser ses propres critiques contre elle, alors qu'il était venu jusqu'en Écosse pour lui faire un caprice ? Elle sillonnait l'entrée de long en large, dans l'espoir de calmer la rage qui bouillonnait en elle. Il était si calme, si maître de lui, après tout ce qu'il lui avait fait endurer ; c'était insupportable !

Et bien sûr, *bien sûr*, elle savait que tout n'était pas la faute d'Angel. Après tous ces mois de solitude, elle avait appris à être plus honnête avec elle-même. Oui, elle était folle d'Angel à l'université, sans vraiment le connaître. Elle avait projeté ses désirs sur lui, et leur dernière dispute avait été trop chaotique pour qu'elle parvienne à tourner la page. Cette tornade d'émotions, resserrée sur à peine quelques semaines, avait laissé des traces. Les vestiges de ses sentiments pour lui avaient refait surface lorsqu'elle l'avait vu à Alharia ; elle avait succombé à la tentation sans peser le pour et le contre. Elle savait qui était Angel, à ce moment-là : un homme cynique, dont les aventures n'étaient qu'éphémères. Elle ne pouvait pas lui en vouloir de l'avoir quittée avant l'aube. Elle était tombée dans ses bras en toute connaissance de cause.

Son attitude, le jour où elle lui avait annoncé sa grossesse, restait néanmoins impardonnable. Il était surpris ? Ce n'était pas une excuse. Elle voulait bien reconnaître la difficulté de la nouvelle, mais elle n'acceptait pas sa cruauté et son refus catégorique de lui accorder le bénéfice du doute. Il l'avait accusée, humiliée et congédiée, alors qu'elle portait déjà sur ses épaules le fardeau de la fatigue et de ses propres inquiétudes. Pendant qu'elle se torturait les méninges pour trouver la meilleure façon de s'occuper de son bébé en tant que mère célibataire, le père de l'enfant avait tout simplement refusé *d'envisager* toute responsabilité, ou de lui montrer une once de respect. Non, elle n'était pas près de lui pardonner !

— Gaby ? souffla Clara, qui était apparue au bout du couloir. Je viens de mettre Alexios à la sieste. Je vais m'occuper des fleurs dans la serre.

Gaby sursauta.

— Oui, bien sûr, tu…

Soudain, une haute silhouette se matérialisa derrière Clara. Angel n'était plus à la porte d'entrée, il était à l'intérieur. Dans le couloir. Devant elle.

Clara lui jeta un regard navré.

— J'ai fait entrer ton visiteur par la porte de derrière. Vous avez besoin de discuter, et pas à travers un mur, Gaby.

Angel, de son côté, observait Gabriella avec fascination. Il ne l'avait pas vue depuis presque un an. Il l'avait cherchée si longtemps, si ardemment. Ses veines bouillaient d'exaspération et d'exaltation mêlées… Autant d'émotions destinées à mettre en péril sa maîtrise de lui-même.

Face à la remontrance de la vieille femme, Gabriella avait rougi. Elle était adorable, dans la pénombre du hall, avec son visage rose, son pull trop ample, son jean pâle, ses yeux bleus et sombres. Pendant une seconde, Angel oublia où il était, et pourquoi ; oublia leur témoin, oublia tout ce qui n'était pas Gabriella. Il se retint tout juste de traverser la distance qui les séparait pour la prendre dans ses bras, comme un homme assoiffé après des semaines dans le désert. Sous le pull pastel, il devinait la courbe affriolante de ses seins, de ses hanches. Oui, décidément, il était *assoiffé*. Incroyablement excité. Agacé de lui-même et du pouvoir qu'elle avait sur lui, il releva le visage avec arrogance.

Il était venu pour une raison bien précise. Était-elle vraiment la mère de *son* enfant ?

Gaby se mit brusquement en marche et dépassa Angel sans lui accorder un regard ni une parole. Angel lui emboîta le pas pendant que Clara partait de son côté.

— Puisque ton hôte semble savoir qui je suis… Est-ce que je peux être certain qu'elle restera discrète ? s'enquit Angel dans son sillage.

— Bien sûr que oui, siffla Gaby. Que tu sois le facteur ou la reine d'Angleterre, Clara n'en a absolument rien à faire. Qu'est-ce que tu fais ici ? Qu'est-ce que tu veux ?

— J'aimerais voir l'enfant.

Gaby entra dans le salon et se tourna vers lui. Son visage était lisse, parfaitement neutre, et sa voix minutieusement atone. Angel avait opté pour une stratégie très différente de leur rencontre précédente, de toute évidence.

— Tu as été très clair la dernière fois que nous nous sommes vus. Cet « enfant » ne te concerne pas.

— Gabriella… Nous avons beaucoup à nous dire.

— Tu entends par là… avoir une conversation raisonnable, en privé, et communiquer de façon constructive ? Je ne me rappelle pas que tu m'aies fait la même faveur il y a neuf mois.

Si le coup avait porté, Angel n'en montra rien : ses traits sculpturaux restèrent de marbre et, comme seul signe d'émotion, il baissa brièvement les yeux.

— Très bien. J'ai peut-être…

Il inspira profondément.

— J'ai peut-être été un peu hâtif dans mon jugement, la dernière fois.

Un éclair de satisfaction la traversa. Elle arqua un sourcil.

— Un peu hâtif ? Vraiment ?

Un muscle tiqua dans la mâchoire d'Angel.

— Comme tu l'as dit à ce moment-là, il y a toujours un risque lors d'un rapport sexuel. J'aurais dû en tenir compte.

— Pourrais-tu avoir l'amabilité de ne pas appeler mon fils « un risque » ?

Angel retira son élégant manteau de cachemire avec nonchalance, indifférent à sa remarque.

— J'aurais dû admettre la possibilité que cet enfant soit de moi, mais j'ai laissé mes expériences passées obscurcir mon jugement. J'étais trop en colère pour être rationnel. Mon éducation m'a rendu méfiant.

Méfiant à l'égard des *femmes.* Gaby était curieuse d'en savoir plus sur ce point, mais pas assez pour ignorer que le scepticisme d'Angel était extrêmement genré.

— Puisque tu me présentes enfin tes excuses, dit-elle, j'imagine que je peux essayer de comprendre ta réaction.

— Je ne t'ai pas présenté d'excuses, rétorqua Angel, piqué au vif.

— Si tu n'es pas prêt à t'excuser, Angel, je n'ai rien d'autre à te dire. Tu m'as traitée comme une moins que rien dans cette chambre d'hôtel. Tu ne peux pas m'humilier de cette façon sans conséquence !

Angel ouvrit la bouche pour rétorquer, mais elle le coupa en levant une main autoritaire.

— Non. Laisse-moi parler. Je comprends. Tu es un goujat parce que tu es habitué à ce que tout le monde te fasse des courbettes et te passe tes caprices. Mais tu as tort. Tu ne vaux pas mieux que moi, ou que quiconque, sous prétexte que tu es prince. Et je n'ai pas l'intention de laisser passer ton comportement de gamin égoïste, couronne ou pas !

Les beaux yeux d'Angel étincelèrent. Gaby se raidit, prête à contrer une riposte vicieuse. À la place, Angel finit par répondre d'une voix douce :

— Je vois. Je suis navré de t'avoir traitée de cette façon. J'ai été injuste.

Gaby cligna des yeux, surprise par ce revirement. Elle ne pensait pas Angel capable de descendre de son piédestal. Était-il sincère ?

— Très bien…, dit-elle, un peu méfiante. Passons, alors. Pourquoi veux-tu voir Alexios ? Nous pouvons effectuer un test ADN avant que tu le rencontres…

— A-t-il vraiment les yeux verts ?

Décidément, cette conversation était de plus en plus aberrante.

— Oui, c'est vrai. Comment le sais-tu ? Et d'ailleurs, comment m'as-tu retrouvée ?

— Liz n'a rien voulu dire à mes enquêteurs, mais tu as gardé contact avec elle et avec Laurie. Les réseaux sociaux ont fait le reste. Mon équipe a établi un lien géographique entre Laurie et toi grâce à un échange en ligne. Ensuite, ils ont creusé dans les connexions des jumelles jusqu'à ce qu'ils découvrent où tu te cachais sûrement.

Laurie et son mari habitaient à une cinquantaine de kilomètres de la ferme de Clara, et elle avait eu l'occasion de lui rendre visite plusieurs fois ; mais elles avaient été aussi discrètes que possible. Et… Angel avait-il vraiment parlé d'une « équipe » ? Il avait engagé des détectives pour retrouver sa trace ? C'était incroyable !

— Donc tu as fouillé dans ma vie privée ?

— Si ton fils est aussi *mon* fils, tu n'as plus de vie privée, Gabriella. La situation change d'échelle. Il ne sera jamais un enfant ordinaire. C'est un héritier royal. Il était impératif que je puisse m'en assurer. J'ai engagé une agence privée pour te retrouver.

— En dérangeant mes amis, répéta-t-elle. Et en fouillant dans *leur* vie privée.

— Si tu avais laissé Liz me dire où tu étais, je n'aurais pas été forcé d'en arriver à ces méthodes, rétorqua Angel.

Gaby garda les yeux fixés sur le bois élimé de la table basse, agitée par le ressentiment qu'elle tentait de maîtriser. C'était fait, et il était trop tard pour changer quoi que ce soit.

— Bon. Assieds-toi, soupira-t-elle. Tu prends toujours ton café noir avec un sucre ?

Angel lui obéit. Il préférait habituellement dominer la pièce de toute sa taille, mais, apparemment, Gabriella ne comptait pas lui envoyer des poteries à la figure, aujourd'hui. Il était presque déçu : il ne pouvait s'empêcher d'être délicieusement fasciné par la façon dont elle lui tenait toujours tête. C'était ridicule ; il aurait dû préférer qu'elle lui obéisse et que toutes leurs conversations se déroulent sans heurt, non ?

— Oui, merci beaucoup, murmura-t-il poliment.

Gaby lui jeta un coup d'œil suspicieux. Angel était très posé, ce jour-là. Quel petit stratagème était-il en train de fomenter ? Il ne marchait jamais sur des œufs, sauf lorsqu'il avait une idée derrière la tête. Il était intelligent, très intelligent, et il était parfaitement capable de jouer le jeu aussi longtemps que nécessaire pour atteindre ses objectifs secrets. Elle secoua la tête, ouvrit davantage les rideaux pour laisser entrer la lumière et alluma le poêle dans la pièce encore glaciale. Elle l'abandonna ensuite pour aller faire du café et prévenir Clara.

Elle posa la cafetière sur la plaque dans la cuisine avant de trotter jusqu'à la serre, juste derrière, dans la petite cour.

— Nous sommes dans le salon, lança-t-elle à Clara en entrant dans la bâtisse de verre. Tu n'as pas besoin de rester ici si tu veux rentrer, tu peux retourner t'installer dans la grande pièce. Désolée d'avoir crié… Il a le don de réveiller mon mauvais caractère.

Clara, occupée à diffuser de l'eau sur une de ses plantes, se mit à rire.

— Il a l'air d'avoir aussi mauvais caractère que toi. En tout cas, il est trop beau. Je suis sûre qu'il en vaut la peine.

— Oh ! non, grogna Gaby en s'appuyant contre le chambranle. Ça n'a rien à voir. Il est là pour Alexios.

— Quoi qu'il arrive, Gaby, il vaut mieux ne pas avoir une relation hostile avec lui.

— Après ce qui s'est passé, notre relation ne peut être *qu*'hostile.

— Pense à ton petit garçon. Alexios aura besoin d'un père.

Gaby grimaça. Sous le regard scrutateur de Clara, elle

hocha finalement la tête. La vieille dame avait raison : elle ne pouvait pas penser uniquement à son propre bien-être, désormais. Elle laissa Clara dans la serre et revint à la cuisine.

Ce n'était pas bien difficile. Il suffisait d'être polie. Civilisée. Elle devait simplement brider ses émotions. Crier et gesticuler ne faisait que prouver à Angel qu'elle était trop investie dans leur relation, qu'elle avait été blessée par la fin abrupte de leur nuit à Alharia, puis mortifiée par son accueil, à l'hôtel de Londres. C'était admettre, à demi-mot, qu'elle avait peut-être espéré, à chaque nouvelle rencontre, plus que ce qu'il ne voulait et ne pourrait jamais lui donner.

Angel avait froid et s'était posté près du poêle, qui n'émettait qu'une vague tiédeur. Il jeta un coup d'œil à sa montre. Il devait malheureusement repartir pour Themos très bientôt pour un événement officiel. Malgré l'importance de cette conversation, il n'avait pas le temps de s'éterniser. Et, il lui fallait être honnête, il était naturellement impatient. Ce défaut était toujours aiguisé en présence de Gabriella, qui éveillait chez lui un cocktail explosif de frustration, de désir, d'excitation et de colère.

Elle réapparut à cet instant, un plateau à la main, et ils saisirent leurs tasses avant de s'installer. Angel entra immédiatement dans le vif du sujet.

— Il y a quelques mois, Laurie et toi avez mentionné, dans une conversation publique sur les réseaux, que ton bébé avait les yeux verts et des cheveux bouclés.

Gaby haussa un sourcil.

— Oui… Mais encore ?

— Ma mère avait les yeux verts et les cheveux bouclés. Sa beauté était célébrée partout. La reine Nabila de Themos. Tu l'as déjà vue ?

La bouche pincée de dédain, il avait l'air de trouver le sujet désagréable. Gaby l'examina avec curiosité. L'idée que son premier fils soit né d'une femme ordinaire plutôt que d'une reine sublime devait sans doute lui déplaire.

— C'est peut-être une coïncidence..., murmura-t-elle.

Maintenant qu'Angel était ici, elle se rendait compte qu'elle n'avait aucune envie de partager son petit garçon avec lui. Alexios était sa seule famille. Angel, avec ses obligations, ses divertissements douteux, le pouvoir de sa position, ne contribuerait qu'à la mettre à l'écart de son bébé, et il était hors de question qu'elle accepte une quelconque séparation.

— Donc tu as des raisons de croire que ton fils puisse être de quelqu'un d'autre ? As-tu eu des relations avec un autre homme peu de temps avant ou après moi ?

Le visage brûlant, Gaby lui décocha un regard noir.

— Non. Il n'y a pas eu d'autres hommes. Tu étais mon premier.

Elle s'arrêta net et retint une grimace. Elle n'avait pas eu l'intention d'en dire autant. Angel avait haussé les sourcils, visiblement confus.

— Ton premier... Ton premier quoi ? Tu es sérieuse ? Ton premier *amant* ?

— Je préférerais que ce soit une plaisanterie, crois-moi.

— Je n'aurais pas passé la nuit avec toi si je l'avais su !

Il fit volte-face et alla se poster à la fenêtre, le dos raide, vibrant d'une nervosité palpable.

— Et pourquoi pas ? Je n'avais pas la lèpre, Angel.

— C'est trop inégal. Je ne veux pas risquer que mes intentions soient mal comprises. Mes aventures ne durent jamais plus d'une nuit, et...

— Oh ! pitié. J'étais vierge, pas stupide, coupa Gaby, agacée par son arrogance. Je savais dans quoi je m'engageais, et j'ai eu exactement ce à quoi je m'attendais. Ni plus, ni moins.

Angel se tourna vers elle, les yeux étincelant de vexation.

— Et qu'est-ce que tu veux dire par là, exactement ?

— Que j'ai couché avec un homme qui n'a même pas pris la peine de me réveiller le matin pour me dire au revoir.

Angel la foudroya du regard, la mâchoire crispée.

— Je ne suis pas là pour ça, Gabriella. Tu n'arriveras pas à me distraire de l'objectif de ma visite en me provoquant. Je suis venu pour te demander d'accepter un test ADN, et qu'il soit organisé en toute confidentialité.

Gaby arqua un sourcil moqueur. Des mois plus tôt, il avait martelé qu'*elle* le traînerait en justice pour demander un test. L'ironie aurait été hilarante, si elle ne lui avait pas laissé un goût si amer dans la bouche.

— Non, merci.

— Alors je vais te traîner en justice.

Elle croisa les bras, dans un geste de défi, mais son assurance vacilla.

— Ce n'est pas nécessaire…

— C'est tout à fait nécessaire ! Si cet enfant est le mien, je vais devoir t'épouser ! s'écria-t-il.

Gaby cligna des yeux, abasourdie. Elle fouilla son beau visage du regard, mais n'y trouva pas la moindre trace d'humour. L'épouser ? *M'épouser ?*

— Tu… Tu n'es pas sérieux ! balbutia-t-elle.

— Je n'ai jamais été aussi sérieux de ma vie, Gabriella.

5.

La tasse de café trembla dans les mains de Gaby, et elle se laissa tomber dans le fauteuil le plus proche, les oreilles bourdonnantes.

— Tu vas devoir *m'épouser* ? Mais pourquoi donc ?

Angel secoua la tête. Bien sûr qu'il devrait l'épouser, pour s'assurer que l'enfant serait dûment protégé contre les influences néfastes. Il était hors de question pour lui de ne pas prendre part à l'éducation de son fils. Il avait tiré des leçons de sa propre enfance : l'idée de laisser son fils à la charge d'inconnus lui faisait horreur.

Il ne savait pas comment être père, ni comment être un bon mari, mais il ferait son devoir, même si l'angoisse lui glaçait les entrailles. Il examina Gabriella. Ses grands yeux bleus ne révélaient rien d'autre que son état de choc.

— Rien n'est fait, dit-il pour la rassurer. Pour commencer, j'aimerais demander un test et j'aimerais le rencontrer.

— Non, je veux d'abord savoir pourquoi tu serais *obligé* de m'épouser.

— Mon premier enfant est l'héritier du trône.

— Mais je ne suis pas ta femme !

— Nous n'avons pas besoin d'être mariés, selon la Constitution de Themos. Le premier fils hérite toujours. Au XVIIe siècle, un de mes ancêtres n'est pas parvenu à procréer avec sa femme mais a eu un fils illégitime avec sa maîtresse. Il a changé la Constitution pour que la famille Diamandis reste au pouvoir. Son fils est monté sur le trône après lui. Que nous soyons mariés ou pas, si ton fils est aussi le mien, il sera mon héritier, expliqua Angel. Et si je t'épouse tu seras reine de Themos. Tu régneras à mes côtés.

— Mon Dieu ! souffla Gaby en posant son café sur la table. Je n'en savais rien…

— Notre mariage légitimera sa naissance. Alors, Gabriella ? Acceptes-tu un test ADN ?

— Je n'ai pas vraiment le choix, marmonna Gaby. Mon refus serait injuste pour toi comme pour mon fils.

— Je m'en occupe, alors.

Angel sortit immédiatement son téléphone. Dans un italien fluide, rapide et autoritaire, il lista ses instructions à la personne au bout du fil – sans doute un employé. Un expert devait les rejoindre ici, à la ferme de Clara, pour effectuer l'examen, puis renvoyer les résultats à Angel le plus rapidement possible.

Après avoir raccroché, il rempocha son portable et passa deux mains fébriles dans ses cheveux sombres. Une barbe naissante ombrait ses joues hâlées ; il avait l'air épuisé mais sur le qui-vive. Son expression, si souvent impudente, était intensément sérieuse, aujourd'hui. Elle l'observa longuement. Soudain, il releva le visage, et leurs regards se heurtèrent. Ses yeux brillaient, brûlants comme un cœur de feu. Sur le fauteuil, elle serra impulsivement les cuisses, le visage chaud.

Et elle allait devoir l'épouser ? Même dans ses rêves les plus fous, elle n'aurait jamais cru entendre ces mots sortir de la bouche d'Angel. Mais quelque chose n'allait pas. Si son fils était considéré comme son héritier même sans la légitimité du mariage, pourquoi insistait-il pour faire d'elle sa compagne ? La vie d'Angel était si différente de la sienne, et si incompatible avec sa propre vision du mariage. Themos était un royaume connu pour son glamour, sa sophistication, sa vie nocturne. La famille royale était puissante et célèbre. L'île regorgeait de yachts, d'hôtels de luxe, de casinos, de boutiques et de défilés haute couture, d'événements sportifs, caritatifs ou culturels. Personne ne voudrait d'une femme aussi ordinaire qu'elle sur le trône.

— Puis-je le voir, Gabriella ?

Gaby retomba sur terre et acquiesça. Elle savait déjà qu'Angel était le père d'Alexios. Le test de paternité confirmerait leur lien aux yeux des sceptiques. Il ne servait à rien d'empêcher Angel de rencontrer son fils.

— D'accord, mais ne fais pas de bruit. Il est encore à la sieste.

Elle le précéda dans le couloir, puis passa dans la cuisine, où un petit escalier en colimaçon menait à son appartement.

— Pourquoi es-tu venue vivre ici ? s'enquit Angel dans son sillage.

— Clara a subi une opération du genou et elle avait besoin de quelqu'un pour l'aider dans la maison. Alexios venait de naître. Vivre ensemble nous arrangeait toutes les deux. Nous avons nos appartements privés. Dans quelques semaines, Clara va emménager dans une résidence en ville. Ce sera plus pratique pour elle. Alexios et moi partirons à ce moment-là.

— Partir où ?

— Je ne sais pas encore. Clara n'a pas de date pour son propre déménagement, donc je n'ai pas cherché.

Gaby ouvrit la porte de son appartement, en haut de l'escalier.

— Son fils vivait ici avant qu'il parte à l'étranger.

Angel la suivit et retint une grimace. C'était un taudis, ni plus ni moins. Une grande pièce parquetée, avec un sofa, un lit et un bureau, un coin-cuisine tout au bout, et des meubles élimés et dépareillés. Sur le côté, une cloison et une porte entrouverte.

— Le bébé est ici ?

Gaby hocha la tête. Elle préférait ignorer le dédain évident qui froissait le visage d'Angel. M. Diamandis était trop bien pour un studio sous les combles, hm ? Elle se détourna et ouvrit la porte de la chambre. Alexios était déjà réveillé : il les attendait patiemment, assis dans son berceau, son lapin en peluche dans les bras. Un immense sourire de bienvenue éclaira son petit visage lorsqu'il la vit entrer. Derrière elle, Angel étouffa une exclamation étonnée.

— Il a les yeux de ma mère, murmura-t-il d'une voix blanche. Et il ressemble beaucoup à mes photos de bébé.

— Quelle surprise ! railla Gaby en soulevant Alexios dans ses bras. Je te l'ai déjà dit. Il est de toi.

Angel se raidit en la voyant pivoter vers lui. Il n'était pas très à l'aise avec les bébés. Aucun de ses amis n'avait encore d'enfants, et personne ne lui en avait jamais confié. Était-il censé savoir quoi faire en ces circonstances ? Gabriella ne lui laissa pas le temps de paniquer. Elle déposa le nourrisson dans ses bras sans hésitation.

Figé sur place, le bébé calé contre lui, Angel se laissa sombrer dans les prunelles émeraude qui lui rappelaient si étrangement celles de sa mère. L'enfant lui sourit largement et planta sa petite main potelée sur sa joue rugueuse pour en explorer l'étrange texture. Il émit ensuite un petit gloussement extasié et frotta sa barbe naissante.

Au son de son rire, Angel sentit toute sa nervosité s'évaporer soudain. Il lui sourit à son tour, sans le lâcher du regard.

— Il n'est pas habitué aux barbes, comme tu vois, dit Gaby pour combler le silence.

Le cœur de Gaby avait raté un battement. Le sourire d'Angel était si franc, si sincère… Ainsi illuminés, ses traits raffinés étaient d'une beauté presque douloureuse.

— Il a l'air heureux.

— Il l'est. Tu veux jouer avec lui ?

Angel grimaça.

— Je ne saurais pas comment faire. Pourquoi l'as-tu appelé Alexios ?

Gaby se sentit rougir, embarrassée d'avoir choisi un nom en hommage à la nationalité d'Angel.

— C'est grec.

— Mon arrière-grand-père s'appelait aussi Alexios.

— Vraiment ?

Elle n'en dit pas plus ; elle voulait garder ses distances, et une conversation personnelle ne ferait que l'adoucir. Angel savait toujours comment l'amadouer. Elle reprit son fils dans ses bras et s'assit avec lui sur le tapis, où les attendait un coffre rempli de jouets en plastique.

— Viens ! dit-elle en levant les yeux vers Angel. Tu vas devoir apprendre à jouer avec lui à un moment ou à un autre.

Angel, l'élégance incarnée dans son costume de soie et de laine anthracite, se figea au centre de la chambre et cligna des yeux comme un lapin dans les phares d'une voiture.

— Maintenant ?

— Pourquoi pas ? C'est la meilleure façon de nouer des liens avec lui.

Avec l'air d'un homme condamné à mort, Angel s'assit dans le fauteuil tout proche. Gaby retint un petit rire. Angel détestait se montrer vulnérable ou ignorant. Il était doué dans beaucoup de domaines, mais apparemment les bébés n'étaient pas vraiment son terrain d'expertise. Elle voulait voir s'il était capable de mettre son ego de côté et de faire un effort. Elle se mit à empiler des briques, qu'Alexios envoya valser d'un coup de bras enthousiaste. Elle rit avec le bébé et lui tendit un camion en plastique, qu'il se mit aussitôt à mâchouiller.

— Il a le droit de faire ça ? Ce n'est pas dangereux ? dit Angel depuis son perchoir.

— Non. Il met tout à la bouche, en ce moment. Il fait ses dents. Tous ses jouets sont conçus pour ça.

Angel, discrètement, prudemment, avait avancé son fauteuil jusqu'au tapis, comme on s'approche d'une rivière pleine de crocodiles. Il se pencha en avant et posa une voiture en plastique devant Alexios. Après une seconde d'hésitation, il se mit à émettre des bruits de moteur et à faire rouler l'engin devant le bébé ; Alexios, enchanté, battit des bras et gloussa de nouveau pour l'encourager.

Et après cela ils se mirent à jouer ensemble, sans plus

porter d'attention à Gaby. Elle les abandonna après quelques minutes et descendit dans la cuisine pour préparer le goûter.

— Il s'endort, lança Angel d'un ton plaintif.

Il était descendu la rejoindre, le bébé dans les bras. Alexios et Angel avaient joué pendant près d'une heure. Angel avait l'air d'y avoir pris goût. Alexios avait l'attrait de la nouveauté pour lui, sans aucun doute. Amusée par sa déception, Gaby haussa un sourcil.

— Normal. Il n'a pas fait sa sieste complète. Il est fatigué.

Néanmoins, elle ne pouvait pas le nier : leur enthousiasme mutuel était adorable, et elle était heureuse de voir son fils construire une relation avec son père. Connaître Angel rendrait Alexios heureux.

— Essaye de le tenir éveillé encore un peu, demanda-t-elle. Je vais lui donner son goûter.

— Et ensuite nous pourrions peut-être discuter ?

— Je n'ai pas grand-chose à dire, Angel. Je ne veux pas t'épouser. C'est une idée stupide. On se sera entre-tués avant la fin du premier mois !

— Certes, mais quelle fin glorieuse ! susurra Angel.

Un frisson parcourut Gaby, mais elle tenta tant bien que mal d'ignorer son commentaire inapproprié. Elle lui prit le bébé des bras et installa Alexios dans sa chaise haute.

— Soyons sérieux, Angel. Si tu veux faire partie de la vie d'Alexios, je ne vais pas t'en empêcher.

— Je suis navré. J'ai parlé de mariage trop tôt. Je n'aurais pas dû lancer le sujet.

Angel avait répondu tranquillement, et son visage ne trahissait que décontraction. Voilà qui était plus logique. Il s'était sans doute laissé emporter par le feu de l'action, mais il n'avait jamais eu l'intention de l'épouser. Elle sourit légèrement, hocha la tête, puis entreprit de mimer un avion avec la cuillère pour qu'Alexios se concentre sur sa compote.

— Désolée, je ne sais pas si tu as mangé aujourd'hui. Je n'ai rien de très sophistiqué à te proposer…

— Ne t'inquiète pas. Je dois partir bientôt, de toute façon. Je suis attendu demain matin à Themos pour une cérémonie officielle.

Gaby leva les yeux vers lui. À son grand dam, la nouvelle de son départ ne lui apporta qu'une étrange déception. C'était ridicule. Oui, Angel avait brisé sa routine, mais elle ne voulait ressentir aucun attachement particulier envers lui. Leur histoire s'était interrompue il y a très longtemps, avant même d'avoir démarré, et une fois que le test de paternité serait finalisé Angel ne serait qu'un visiteur occasionnel dans la vie de son fils. Rien de plus.

Il la suivit dans la chambre lorsqu'elle recoucha Alexios. Elle sentait ses yeux qui ne la quittaient pas ; elle était oppressée par le magnétisme de sa présence. Elle restait douloureusement consciente de lui, même lorsqu'elle évitait de le regarder. Elle le frôla en quittant la chambre du bébé, et l'odeur épicée de son eau de Cologne suffit à faire galoper son pouls. La porte claqua un peu trop fort derrière elle ; elle sursauta, l'esprit assailli par les images torrides de l'unique nuit qu'ils avaient passée ensemble.

— Tu es si nerveuse avec moi…, remarqua Angel.

Spontanément, Gaby chercha son regard. Erreur tactique. Les iris mordorés d'Angel l'attendaient, et elle y sombra immédiatement, le souffle court.

— Ça t'étonne ? Après ce qui s'est passé à Alharia ?

— Je n'ai aucun regret, *glykia mou*, murmura Angel sans détourner les yeux. C'était une nuit extraordinaire.

— C'est cela. Tu as eu je ne sais combien d'amantes, mais coucher avec moi était extraordinaire ? riposta Gaby, le dos raide, consciente de son intolérable désir pour lui et furieuse contre elle-même.

— Extraordinaire et inoubliable, martela Angel.

Et dans le même élan il avança vers elle. Elle lui céda

automatiquement le terrain jusqu'à ce que son dos rencontre le mur, comme une proie prise au piège par un grand fauve. Un éclair d'excitation la transperça. Elle était si tendue qu'elle se sentait prête à voler en éclats. Le visage brûlant, le cœur battant la chamade, elle le fixait, tremblant contre lui.

Du pouce, Angel dessina doucement la courbe de sa joue. Une caresse était suffisante. Submergée par le manque et la soif qu'elle avait de lui, elle pressa le visage contre sa main, puis leva le menton pour trouver ses lèvres. Elle noua les bras derrière sa nuque et l'attira à elle. Il avait un goût divin, frais et mentholé, le goût de l'exaltation. Il répondit à son baiser avec ferveur et la plaqua contre lui. Entre le soutien du mur et la chaleur de son torse dur, elle gémit. Elle le voulait immédiatement. Elle voulait arracher ses vêtements, toucher sa peau, le sentir contre elle, en elle. Elle plongea les doigts dans ses épais cheveux bruns et se pressa, impatiente, contre l'érection qui tendait son pantalon de costume. Il grogna contre sa bouche, doucement d'abord, et plus fort lorsque la main de Gabriella descendit le long de son torse musclé pour le caresser à travers ses vêtements.

Leurs mouvements se firent frénétiques. Sans transition, elle ouvrit son pantalon, et il l'aida à se débarrasser de son jean. Elle était dévorée par sa propre avidité : ni sa raison ni ses scrupules ne pouvaient plus l'arrêter. Lorsque Angel passa les doigts sous l'élastique de sa culotte et trouva le creux de ses cuisses, elle s'arqua à sa rencontre, enfiévrée, affamée. Son sang chantait dans ses veines ; elle referma la main sur son poignet pour le retenir et l'éperonner. L'intense érotisme de son baiser, la chaleur de son corps contre le sien et l'expertise de ses doigts brisèrent ses dernières défenses. Son corps avide était à la merci d'Angel, et elle s'abandonna brutalement au plaisir. Agrippée à lui, elle jouit dans un spasme d'extase.

— Tu me rends *fou*, murmura Angel alors qu'elle laissait retomber le visage dans le creux de son épaule.

À cet instant, un téléphone se mit à vibrer dans la pièce. Ils échangèrent un regard. Pendant une seconde, elle crut qu'il allait ignorer l'appel, mais il baissa les yeux sur sa montre et jura entre ses dents.

— Si je ne pars pas maintenant, le jet va rater son créneau de décollage.

Gaby déglutit, pantelante. La réalité de la situation la gifla de plein fouet. Elle renfila son jean d'un mouvement maladroit. Pour l'amour du ciel ! Qu'est-ce qui lui avait pris ? Elle avait été prête à faire l'amour avec Angel. Et, à en juger par le dos raide et le visage fermé de ce dernier, il était tout aussi confus d'avoir ainsi perdu le contrôle de lui-même. Tout était allé si vite. Elle le savait, si le téléphone n'avait pas sonné, elle aurait continué. Jusqu'au bout. Elle aurait fait l'amour avec lui ici, maintenant, contre le mur, à deux pas de la chambre de son fils.

— Il faut que je parte, souffla Angel. Avec toi, je ne contrôle plus rien.

Il avait dit tout fort ce qu'elle pensait tout bas. Elle soutint son regard et hocha la tête ; quelque chose passa entre eux, une sorte de complicité partagée, dans le chaos que leur rencontre entraînait toujours. Elle le précéda dans l'escalier et jusqu'à la porte d'entrée. Cette fois, elle lui laissa son numéro de téléphone.

— J'aurai les résultats dans quarante-huit heures, promit-il. À bientôt, Gabriella.

Elle le regarda sauter de nouveau le muret et marcher jusqu'à l'hélicoptère. Et voilà : aussi vite qu'il était venu, il avait de nouveau disparu. Et pourtant elle était profondément étonnée par la tournure que l'après-midi avait prise. Angel était un homme si distant, toujours sur la défensive. Un vernis d'arrogance et de charisme dissimulait bien sa réserve, mais elle savait qu'il peinait à baisser les armes. Avec son bébé, néanmoins, il avait montré une chaleur qu'elle ne lui connaissait pas. Il s'était ridiculisé pour faire rire son fils, il avait gesticulé et ri avec lui. Il s'était montré attentif et investi, plus qu'elle ne l'aurait jamais imaginé. Son attitude l'avait touchée en plein cœur. Angel garderait-il cette patience, ou était-ce simplement l'attrait de la nouveauté ? Elle avait toujours du mal à croire qu'Alexios pourrait devenir son héritier…

Non. Elle ne se faisait pas d'illusions. Quand Angel se marierait, le premier fils de son épouse supplanterait Alexios, sans aucun doute.

Ces interrogations tenaillaient toujours Gaby six jours plus tard, alors qu'elle se promenait seule dans la campagne ensoleillée qui s'étendait autour de la ferme. Alexios faisait la sieste dans sa chambre, et Clara avait invité des amies pour le déjeuner. Elle en avait profité pour voler quelques instants de solitude et de calme.

Un technicien était arrivé à la ferme moins de vingt-quatre heures après le départ d'Angel. Le lendemain, Angel lui avait envoyé un message pour confirmer qu'Alexios était bel et bien son fils… Ce qui ne l'avait pas surprise, évidemment. Il n'avait rien ajouté. Elle avait attendu de plates excuses, en vain. Elle se demandait s'il était réellement conscient de la cruauté dont il avait fait preuve, un an plus tôt, lorsqu'elle lui avait annoncé sa grossesse. Regrettait-il son attitude ? Ou le prince régnant de Themos était-il si sûr de lui qu'aucune de ses erreurs passées ne le hantait encore ?

Elle atteignit tranquillement le sommet de la colline et s'assit dans l'herbe, l'esprit préoccupé malgré le calme des lieux. À son grand dam, après quelques minutes de tranquillité, le rugissement d'un hélicoptère s'éleva sur la campagne, et l'appareil atterrit bientôt dans le champ qui jouxtait la ferme. Une haute silhouette sauta à terre. Le cœur de Gaby se mit à battre à tout rompre ; elle se leva d'un bond et dévala la colline pour rejoindre la maison à son tour. Elle vit Angel ressortir de la bâtisse et passer le muret pour marcher dans sa direction.

Elle ralentit le pas, à bout de souffle. Pourquoi était-il revenu si vite ? Que lui voulait-il maintenant ?

— Gabriella ! s'exclama-t-il, encore à plusieurs dizaines de mètres, ses cheveux sombres dansant dans la brise fraîche de l'après-midi.

Comme toujours, il était incroyablement sexy, vêtu d'un élégant costume. Il s'arrêta à quelques pas d'elle, incongru au milieu du champ ondulant sous le vent.

— Tu aurais dû m'attendre en bas, j'ai pris le chemin du retour dès que j'ai vu l'hélicoptère.

— Nous pouvons marcher ensemble, dit-il en souriant.

— Qu'est-ce que tu fais ici, Angel ?

Il soutint son regard sans ciller.

— Tu sais pourquoi je suis ici, Gabriella. Je t'ai prévenue, non ? Alexios est mon fils, donc nous devons nous marier. Le plus tôt sera le mieux. La vie reprendra son cours… Et, si nous sommes mariés, la presse a moins de chances de faire de nous et de notre enfant des bêtes de foire.

Gaby s'arrêta net sur le sentier.

— Tu n'es pas sérieux, n'est-ce pas ?

— Je suis on ne peut plus sérieux, Gabriella.

— Nous pouvons éduquer notre fils en restant séparés !

— Ton fils est le futur roi de Themos, je te l'ai déjà dit. C'est son droit, son héritage. Je ne lui retirerai pas ce qui lui appartient, même pour ton bien-être.

Elle croisa les bras et redressa le menton, piquée au vif par sa condescendance autoritaire.

— Je n'avais pas l'intention de *retirer* quoi que ce soit à mon fils, Angel.

— Parfait, susurra-t-il. Alors tu ne lui enlèveras pas son père, dont il a autant besoin que d'une mère.

— Si seulement tu t'étais montré aussi motivé il y a un an, railla-t-elle. Si tu m'avais écoutée à ce moment-là, nous aurions eu des semaines pour décider comment *nous* allions organiser son éducation, et je suis certaine que tu aurais proposé des options moins folles que le mariage !

— Laissons le passé dans le passé et concentrons-nous

sur notre enfant, rétorqua Angel d'un ton pincé. Pour l'instant, tout ce qui m'importe, c'est Alexios. Je suis déterminé à lui fournir une enfance plus heureuse et plus épanouie que la mienne ne l'a été !

— C'est bien aimable, marmonna Gaby, surprise par sa véhémence, mais un mariage n'est pas la solution.

— Soyons clairs, Gabriella. Je te laisse le choix. Soit tu m'épouses, soit je te traînerai au tribunal pour obtenir la garde de mon fils !

Et sur cette menace sans appel Angel tourna les talons et repartit vers la ferme à grandes enjambées.

Gaby accusa le coup, le visage brûlant, et lutta pour reprendre le contrôle d'elle-même. Une panique croissante montait dans sa gorge. Elle s'élança dans son sillage.

— Tu ne peux pas faire une chose pareille ! protesta-t-elle. Tu veux me prendre Alexios ? Après tout ce que tu m'as déjà fait ? Tu ne peux pas être aussi cruel, Angel !

— Ce serait à regret, bien sûr. Avoir une mère aimante est une chance inestimable. Je n'ai aucune envie de vous séparer. Mais Alexios a aussi le droit d'avoir un père et d'occuper sa place légitime dans son royaume. Si nous ne nous mettons pas d'accord sur un compromis, je n'aurai pas d'autre choix que d'ouvrir les hostilités.

— Et le seul compromis que tu me proposes, c'est de t'épouser ? murmura Gaby, les mains tremblantes.

— Oui. De cette façon, il aura ses deux parents avec lui et il pourra grandir dans le pays sur lequel il régnera un jour.

Angel s'était tourné vers elle, et sa voix s'était adoucie. En croisant son regard suppliant, il poussa un long soupir.

— Gabriella… S'il te plaît. Il sera ma priorité. Pas seulement aujourd'hui, mais pour toujours, je te le promets. Mon rôle de père me tient à cœur. Il ne manquera de rien.

Prise au dépourvu par cette déclaration passionnée, Gaby secoua la tête. Elle avait toujours cru qu'Angel serait un père indifférent. Elle l'avait imaginé laisser sa progéniture à d'innombrables domestiques payés pour se charger de l'éducation de ses enfants. Sa détermination la surprenait profondément. Seulement, rester silencieuse dans un débat avec le prince de Themos était une grave erreur tactique. Angel reprit la parole en la voyant faiblir.

— Peut-être qu'il serait plus facile pour toi de me le laisser et de reprendre ton existence solitaire, sans avoir à subir les restrictions de la vie monarchique.

Elle poussa une exclamation révoltée, mais il continua comme si de rien n'était :

— Porter la couronne n'est pas sans difficulté, et je sais que tu es moins intéressée par ses avantages que d'autres.

Elle secoua la tête, incapable de trouver une issue à une conversation qui se refermait sur elle comme un étau.

— Après toutes ces années, siffla-t-elle, c'est la première fois que tu me fais un compliment sur autre chose que mon physique.

— C'est faux. Je ne suis pas superficiel.

— Avec moi, si, tu l'as toujours été. Mais après tout je ne suis qu'une femme. Peut-être que tu ne prends pas la peine d'être très profond avec la gent féminine.

Elle le foudroya du regard.

— Quoi qu'il en soit, je n'ai pas l'intention de te laisser mon fils et de partir sans me retourner, même si c'est sûrement l'option qui te convient le mieux.

— Le mieux ? Alors que cela lui briserait le cœur ? s'écria Angel. Pour qui me prends-tu, Gabriella ? Décidément, tu ne me connais pas du tout. Je ne souhaiterais jamais que mon fils soit abandonné par un de ses parents. Je sais le chagrin qu'un tel traumatisme entraîne !

Un éclair de honte réchauffa les joues de Gaby, et, pour la première fois, elle baissa les yeux. Elle avait peut-être été trop loin… Angel tremblait de rage, le regard étincelant.

— Que s'est-il passé, Angel ? Est-ce qu'un de tes parents…

— Mon passé ne te concerne pas, coupa-t-il froidement.

— Très bien ! Dans ce cas, laisse-moi résumer ce que tu me proposes. Si je ne t'épouse pas, tu me traîneras en justice. C'est bien ça ?

— Il n'y a pas d'autre choix viable à mes yeux.

Oh ! il était si tyrannique ! Gaby se mordit la lèvre pour retenir le flot d'invectives qui lui brûlaient la langue. C'était ridicule. Ils vivaient dans un monde où les parents célibataires étaient un phénomène commun. Les « solutions alternatives viables » abondaient ! Non, il lui mentait, et il se mentait sans doute à lui-même : ils avaient d'autres options, mais aucune qui *lui* semblait satisfaisante, pour *son* confort personnel. Il avait décrété les termes de cet ultimatum sans se préoccuper de sa propre perspective.

Mais voilà, Angel était prince, et il ferait un impitoyable ennemi. Elle ne pourrait pas lutter contre son argent, son pouvoir, son implacable intelligence et toutes les ressources qu'il avait à sa disposition. Dans une querelle pour obtenir la garde d'un enfant couronné, un enfant important pour l'avenir de son pays, un enfant situé en première place dans l'ordre de succession, elle n'aurait aucune chance de gagner. Était-elle prête à perdre Alexios pour camper sur ses positions ?

Non… Bien sûr que non.

Il ne lui avait laissé que *l'illusion* du choix, et ils le savaient tous les deux.

— Si je dois choisir entre une bataille légale et le mariage, alors je préfère t'épouser, murmura-t-elle.

Angel lui décocha un sourire.

— Tu prends la bonne décision, assura-t-il.

— Il y a encore beaucoup de choses à débattre. Le mariage ne fait pas tout.

— Oh ! si, ne t'inquiète pas. Une fois que nous serons mariés, tout rentrera naturellement dans l'ordre.

— Un mariage n'est pas seulement fondé et finalisé avec

une cérémonie, Angel. Il faut que nous discutions de ce que cette union signifiera pour nous et notre quotidien…

— Nous serons une famille comme les autres. Un couple normal.

Normal… Oui, c'était le mot qui revenait le plus souvent lorsque Angel essayait de verbaliser les espoirs qu'il entretenait pour la vie de son fils. Son enfance n'avait pas été normale… Et il avait bien l'intention de protéger son fils des déceptions qu'il avait vécues.

Il n'était pas encore parvenu à mettre de l'ordre dans le tumulte de ses émotions. Il venait de découvrir qu'il était père et il était terrifié à l'idée de commettre les mêmes erreurs que ses parents. Il allait devoir faire beaucoup de sacrifices pour devenir un bon père. Prendre du temps pour son fils – pour les grands moments, comme son anniversaire, mais aussi pour le quotidien. Il voulait être présent pour Alexios dans le bonheur et dans la tristesse. Trop souvent, sa fierté l'avait poussé à cacher ses chagrins, quand il était enfant ; il avait, trop tôt, appris à considérer l'indépendance comme une force, jamais une faiblesse. Il avait dû affronter ses problèmes seul, même lorsqu'il n'y était pas prêt.

Il retint une grimace. La culpabilité le tenaillait aussi : il avait rejeté Gabriella si froidement quand elle lui avait annoncé sa grossesse. Il les avait négligés au moment où il aurait dû commencer à leur apporter son soutien. C'était une erreur impardonnable.

Quant à sa maîtrise de lui-même… Il ne pouvait pas nier qu'il désirait Gabriella avec autant de force qu'à leur première rencontre, mais il saurait contrôler ses instincts et faire la part des choses. Du moment que son attirance pour elle ne le poussait pas à prendre des risques indus ou des décisions stupides, tout irait bien.

De son côté, Gaby secouait la tête, perplexe.

— Angel, ta vie n'a rien de normal.

— Si tu parles de la décadence de ma jeunesse, c'est terminé, annonça-t-il. Alexios passe avant tout. Je veux qu'il soit heureux et qu'il ait un environnement familial stable.

— D'accord... Et cette nouvelle philosophie de vie concerne aussi ta horde d'amantes ?

— Tu es si cynique, Gabriella. Pour une fois, pourrais-tu me faire confiance ? Je peux être fidèle, si je dois l'être.

Gaby manqua de rire. Voilà qui tenait du lapsus révélateur. Fidèle, s'il *devait* l'être. Même sous leur meilleur jour, ces mots-là n'étaient pas très encourageants. Était-il donc si naïf ? Ne comprenait-il pas que créer une famille stable était une tâche éprouvante ? Un homme comme lui, une femme comme elle, si différents l'un de l'autre, avec une éducation et des opinions si contrastées, allaient devoir accepter d'énormes sacrifices pour fournir à Alexios un environnement épanouissant. Et Angel n'était pas habitué à respecter les règles ou les limites d'autrui. Il avait toujours fait comme bon lui semblait, et ce depuis son plus jeune âge. Comment pouvait-il imaginer qu'il parviendrait, en un claquement de doigts, à abandonner son mode de vie, sa liberté totale, ses liaisons effrénées et l'excitation constante de la jet-set ?

Il ne connaissait rien de la normalité ; comment pouvait-il proclamer pouvoir l'offrir à autrui ? Elle savait qu'il lui cachait bon nombre de ses démons, mais ses réticences à parler de sa propre famille ne lui inspiraient aucune confiance. Certes, elle respectait sa détermination, elle admirait son désir d'assurer le bonheur de leur fils ; mais, jusqu'à nouvel ordre, elle ne pouvait se convaincre qu'il en serait capable.

6.

— Ça, c'est la belle vie ! lança Liz en s'enfonçant avec un soupir de bien-être dans son siège en cuir, dans le jet privé des Diamandis.

Elle leva ensuite sa flûte de champagne avec solennité.

— Un toast ! À la femme qui a défié toutes les attentes et va devenir princesse *royale* !

Laurie secoua la tête devant l'enthousiasme de sa jumelle.

— S'il faut porter un toast, alors célébrons le vrai miracle que Gaby a accompli : mener jusqu'à l'autel un prince allergique à l'engagement !

Gaby rit et secoua la tête.

— À cause d'Alexios, et seulement à cause d'Alexios.

— Pitié. Ton prince est très futé. S'il avait voulu échapper au mariage, il aurait trouvé une solution. Tu te sous-estimes.

— Exactement, renchérit Liz. Tout le monde était en pâmoison devant Angel à l'université. Des dizaines de femmes lui couraient après. Et pourtant c'est toi qu'il a abordée, et je crois bien que tu es la seule à l'avoir jamais quitté !

Gaby se força à sourire et à trinquer avec ses amies, elle regrettait déjà de ne pas pouvoir leur dire toute la vérité. Elle se détourna pour vérifier la ceinture du bébé alors que l'appareil amorçait sa descente sur Themos. Bien sûr, elle faisait confiance aux jumelles : jamais elles n'auraient trahi ses secrets. Mais la vie privée de son fils devait être protégée, et les secrets de famille en faisaient partie. Dans quarante-huit heures, elle serait la femme d'Angel Diamandis et elle ne dirait rien de ce qui les avait réellement amenés à ce mariage. Elle espérait qu'elle ne serait jamais assez amère ou assez malheureuse pour en venir à avouer à son fils comment son père l'avait convaincue de l'épouser. Pour le moment, elle n'avait certainement pas pardonné à Angel de lui avoir imposé cette union.

Lorsqu'elle était avec Angel, elle avait systématiquement l'impression de se montrer plus faible qu'elle n'aurait dû l'être. Il lui avait fait du chantage et, pourtant, il l'attirait toujours irrésistiblement. Il la fascinait. Il l'avait fascinée dès le début. Depuis leur première rencontre, elle avait voulu partager avec lui un lien profond, intime. Mais elle ne se faisait pas d'illusions. Angel ne lui donnerait jamais ce qu'elle désirait vraiment – des sentiments plutôt que des orgasmes.

Trois semaines seulement avaient passé depuis sa dernière visite en Écosse. Ensuite, tout s'était accéléré. Tous les jours, Angel avait téléphoné, mais seulement pour demander des nouvelles d'Alexios et lui fournir des informations détaillées sur les préparatifs du mariage. Pendant ce temps, un avocat était passé à la ferme de Clara pour lui soumettre un contrat prénuptial. Au lieu d'engager son propre conseiller légal, elle avait lu le contrat du début à la fin. En dehors du fait qu'Angel semblait déterminé à la noyer dans le luxe le plus exorbitant jusqu'à la fin de ses jours et exigeait qu'Alexios et Gaby, en tant que génitrice, résident à Themos même en cas de divorce, elle n'avait rien trouvé à redire. L'accord s'était avéré professionnel et efficace, et elle avait signé rapidement.

Une célèbre styliste italienne était venue de Milan pour prendre ses mesures chez Clara et pour lui présenter des esquisses exclusives de robe de mariée. En tant que demoiselles d'honneur, Liz et Laurie avaient aussi pris part aux préparatifs. L'extravagance du processus, organisé en si peu de temps, les avait toutes laissées pantoises.

Clara avait aussi reçu une invitation, mais avait décidé de ne pas faire le voyage ; elle se contenterait des photos, des vidéos et des anecdotes de ses filleules. Janine, la tante de Gaby, qui travaillait en ce moment à obtenir un poste de partenaire dans sa firme, n'avait pas pu se libérer pour assister au mariage. Gaby n'en était pas particulièrement surprise, puisqu'elles n'avaient jamais été très proches ; l'ambition de Janine avait toujours pris le pas sur sa vie de famille.

— Oh ! mon Dieu, regarde-moi ces plages ! lança Laurie, collée au hublot.

Gaby jeta un œil par la fenêtre. En contrebas, une myriade de superbes criques dorées ourlaient la mer turquoise, frangées d'une végétation luxuriante. Un éclair d'excitation la parcourut. Elle avait hâte de découvrir la sublime Themos.

Le jet atterrit à Leveus, la capitale de l'île. Un homme en tenue officielle grimpa à bord pour vérifier leurs papiers avant de les guider, accompagnées d'une équipe de sécurité, jusqu'à la limousine qui les attendait à même la piste privée. Le soleil brillait haut dans le ciel, et Gaby s'accorda une seconde dans sa chaleur et sa lumière avant de grimper dans la voiture.

— C'est *vraiment* la belle vie, dit Liz avec un grand sourire sur la banquette d'en face. Le soleil brille, nous n'avons pas à faire la queue ni à nous préoccuper de nos bagages. Tout a été pris en charge !

Sur la route, les autres véhicules étaient plus luxueux les uns que les autres. Les rues, d'une propreté étincelante, étaient animées et bordées d'élégants magasins. Toutes les façades étaient claires, impeccables et superbement sculptées.

— Regarde ! C'est la cathédrale ! s'écria Liz en pointant du doigt la majestueuse bâtisse qui dominait un charmant petit parc ombragé de grands arbres.

— Il n'y a pas un journaliste en vue, malgré la limousine et les drapeaux, remarqua Laurie en regardant par la fenêtre.

— Non, les paparazzis ne sont pas autorisés à travailler sur Themos.

Les jumelles lui jetèrent toutes deux un regard éberlué.

— L'accès à l'île leur est interdit, expliqua Gaby. Les riches résidents de Themos veulent protéger leur vie privée.

— Eh bien… Tu as bien appris tes leçons sur ta nouvelle demeure, dit Laurie en souriant.

— Tu me connais, répliqua Gaby. J'aime faire du zèle.

Ces dernières semaines, Gaby avait effectué des recherches poussées sur Themos, son histoire, sa culture et sa famille royale. Elle avait notamment étudié les nombreuses photos des parents d'Angel, et avait été choquée de découvrir combien Angel et Alexios ressemblaient à la défunte reine. Alexios avait hérité de ses boucles noires et de ses yeux verts. Angel, de son côté, avait le même visage aux traits racés.

Angel venait d'une longue lignée aussi riche que puissante, et sa famille avait amassé, au fur et à mesure des générations, une fortune effarante. Son arbre généalogique rassemblait une flopée de personnages hors du commun : don Juan aux incroyables frasques, guerriers auréolés de succès, aventuriers aux mille exploits… Même sa mère était déjà une légende : si incroyablement belle que Gaby était restée bouche bée devant ses photos. Sur le site officiel de la famille Diamandis, elle avait découvert que l'opposition de leurs familles avait poussé la princesse Nabila et le père d'Angel à s'échapper ensemble pour se marier en secret. Cette version des faits lui avait semblé très romantique et n'expliquait absolument pas le cynisme d'Angel. Lorsqu'il l'avait menacée pour qu'elle l'épouse, il avait insinué que sa propre enfance n'avait pas été aussi heureuse qu'il y paraissait. Elle espérait un jour en savoir plus sur ce point.

Le palais d'Aikaterina était situé sur la côte, un peu à l'écart de Leveus. Il était entouré d'un magnifique domaine composé de centaines d'hectares. On y trouvait, entre autres, de superbes jardins historiques, des bois aux arbres centenaires et une plage privée. Gaby avait étudié des photos en ligne et connaissait l'histoire de la bâtisse : la forteresse médiévale, transformée à la Renaissance en élégant château inspiré par celui de Versailles, avait été dotée à cette époque de nouvelles ailes destinées à l'accueil des courtisans. L'argent était déjà l'arme fatale des Diamandis au XVIIe siècle.

— Mon Dieu ! murmura Liz lorsque la voiture dépassa les grilles dorées pour remonter la grande allée ombragée de cyprès.

— C'est vraiment sublime, acquiesça Gaby d'une voix tremblante de nervosité. On dirait un bois enchanté.

Le soleil faisait danser des ombres sur les pelouses fleuries.

— Et un palais de rêve, et la vie la plus belle qui soit…, ajouta Laurie.

— Angel est riche comme Crésus, mais ça ne suffit pas pour être heureux, remarqua Liz en haussant un sourcil.

Et Liz avait raison, bien sûr. Elle se demandait toujours de quoi leur vie serait faite. Angel avait décrété qu'ils auraient un mariage « normal ». Il devait donc considérer qu'ils auraient une vie sexuelle. Elle était curieuse de savoir comment Angel visualisait la « normalité ». Après tout, il n'avait sûrement jamais eu de relation normale avec une femme. Il avait toujours vécu ses liaisons comme des distractions. Les femmes, dans le monde des puissants, étaient trop souvent des objets plutôt que des égales ou des partenaires. Comment vivrait-il son union avec une femme ordinaire, une femme dotée de ses propres idées, de ses propres opinions, une femme qui n'hésiterait pas à s'exprimer quand elle le voudrait ? Et surtout une femme à qui il avait fait du chantage sans aucun scrupule, une femme qui lui portait rancune ? C'était certain, il allait devoir revenir sur ses acquis.

Lorsque la limousine se gara enfin devant le palais, Gaby sortit sans attendre qu'on lui ouvre la portière et fit le tour de la voiture pour aller détacher son fils de son siège-bébé. Avant même qu'elle ait refermé les doigts sur la ceinture, néanmoins, une main tiède s'était posée sur son épaule et la fit frissonner.

— Laisse-moi faire, murmura Angel à son oreille.

Elle fit volte-face et se trouva aussitôt devant lui. Trop proche, trop vite. Leurs regards se heurtèrent, et elle déglutit difficilement, le cœur en cavale, la peau hérissée par le choc thermique qu'entraînait toujours sa proximité. Les genoux flageolants, elle s'écarta pour le laisser passer. Alexios reconnut son père et battit des mains en riant, visiblement enchanté de retrouver son compagnon de jeux.

Angel la mena ensuite dans l'immense hall de marbre et de dorures où les attendaient plusieurs petits groupes d'inconnus.

— Bienvenue chez toi, déclara-t-il, irradiant de triomphe et de fierté, un sublime sourire aux lèvres. Laisse-moi te présenter tout le monde…

Il commença avec Marina, une femme d'âge mûr qu'Angel décrivit comme la gouvernante en chef.

Prise au dépourvu, Gaby fronça les sourcils.

— Angel, je ne pense pas que…

— Bien sûr, tu auras toute autorité sur les soins et l'éducation de notre fils, Gabriella. Mais il arrivera souvent que nous soyons occupés par des événements officiels ou des tâches propres à notre statut, et dans ce cas-là nous aurons besoin d'un soutien. Les nourrices, sous l'autorité de Marina, sont là pour nous aider.

Gaby se mordit la langue et hocha la tête, décidée à ne pas lui faire une scène en public. Elle avait furieusement envie de lui envoyer un coup de pied dans le tibia. Pourquoi ne discutait-il jamais de ces choses-là avec elle ? Pourquoi ne l'avait-il pas avertie ? Elle n'était pas idiote et elle était ouverte au dialogue. Mais, comme d'habitude, il pensait à tout et ne la consultait sur rien. Il se comportait comme un petit chef. Elle voulait qu'il partage ce genre d'initiative avec elle ; elle était la mère d'Alexios, pour l'amour du ciel !

Mais elle avait son rôle à jouer, elle aussi, et elle se contenta de sourire et de serrer la main de Marina.

— Ne t'inquiète de rien. Marina est extraordinaire. Elle faisait partie de l'équipe des nourrices quand j'étais petit. Elle est d'une douceur incomparable, murmura Angel alors qu'ils avançaient vers un autre groupe.

Il lui présenta Dimitri, l'intendant en charge des domestiques du palais, avant de passer à divers conseillers, puis à l'équipe administrative. Lorsqu'elle releva les yeux pour chercher Liz et Laurie du regard, Gaby les trouva avec surprise en grande conversation avec Cassia Romano.

La jeune femme, qu'elle n'avait jamais connue très expressive, arborait ce jour-là un sourire éclatant. Les jumelles semblaient perplexes, et pour cause : Cassia ne leur avait pas porté la moindre attention à l'université, même lorsqu'elles avaient été dans la même classe.

— Cassia s'est portée volontaire pour t'aider à comprendre les rouages de la vie palatiale, expliqua Angel. Tu verras, elle connaît tout sur le bout des doigts. Elle a organisé une soirée pour vous souhaiter la bienvenue, à toi et à tes amies.

— Elle travaille pour toi ? s'enquit Gaby.

— Oui. Son père est un homme important à la cour de Themos, et je la connais depuis que nous sommes enfants. Elle a une position un peu ambiguë : à la fois courtière et conseillère. Et bien sûr je la considère comme une amie.

Angel sembla sentir sa réticence sans qu'elle l'exprime et ajouta :

— Elle n'était peut-être pas très accessible à l'époque, mais les temps ont changé, Gabriella. Et tu es la future reine consort.

— Je vois.

Gaby hocha la tête. Angel faisait de toute évidence confiance à Cassia, mais elle ne savait pas si elle-même pouvait prendre ce risque. À l'université, Cassia avait fait tout ce qui était en son pouvoir pour tenir les autres femmes à distance d'Angel. Elle l'avait traitée en rivale pendant les quelques semaines où elles avaient fréquenté le même cercle. Gaby avait considéré que Cassia voulait garder Angel pour elle, mais elle n'avait jamais vu de preuves d'intimité entre eux. Angel avait eu tendance à traiter Cassia comme un très beau papier peint : indispensable à son décor personnel, mais rarement digne d'attention. Comment Cassia avait-elle vécu ces années-là ?

Cassia, de son côté, s'était avancée vers eux et lui tendit la main avec un sourire aimable.

— Votre vol s'est bien déroulé, mademoiselle Knox ?

— Oh non, appelle-moi Gabriella, je t'en prie. Comment vas-tu, Cassia ?

— Non, je ne peux pas utiliser votre prénom, ce serait une entorse au protocole. Puis-je vous montrer votre suite ?

— Merci, Cassia, je m'en occupe, coupa Angel.

Alexios était toujours pelotonné dans ses bras, sa tête brune lovée sur son épaule. Angel sourit à la ronde avant de guider Gaby vers un ascenseur discrètement placé sous l'immense escalier central. Le frôlement de sa main tiède sur ses reins la fit frissonner malgré elle.

— La nurserie est au dernier étage. Allons d'abord là-bas, proposa-t-il alors que la porte coulissait sur eux.

Elle leva les yeux vers lui et retint son souffle, frappée, comme elle l'était toujours, par la beauté incroyable de ses yeux mordorés, soulignés par des cils aussi sombres que du velours.

— Désolée, Alexios se fatigue vite, et il n'a pas dormi.

Sa voix heurtée ne cachait pas son trouble. Elle déglutit. Dans cette cabine trop exiguë, elle avait l'impression de jouer avec le feu. Elle était trop proche du brasier pour ne pas souffrir, et pourtant irrésistiblement attirée par sa lumière.

— *Theos mou*, murmura Angel, comme s'il avait lu dans ses pensées. Tu m'as manqué. Je te veux.

Gaby entrouvrit les lèvres, foudroyée par l'éclair de convoitise que ces quelques mots avaient provoqué en elle. Elle était épinglée sous son regard, seulement consciente de sa peau brûlante. D'un pas, Angel l'avait rejointe. Sa proximité était insoutenable. Le dos de Gaby rencontra la paroi de la cabine ; elle leva le visage vers lui, et soudain la bouche d'Angel capturait la sienne, fiévreuse et impérieuse. Sa langue plongea entre ses lèvres ; son contact, son parfum, sa chaleur l'électrisèrent instantanément, et elle se sentit répondre avec la même ferveur. Quand l'avait-elle saisi par la nuque ? Quand avait-elle plongé les mains dans ses cheveux pour l'agripper, pour le retenir contre elle ? Le plaisir anticipé et le désir rugissaient en elle, si fort qu'elle manqua presque le petit couinement de protestation d'Alexios qui se trouvait décidément bien trop à l'étroit entre leurs corps enlacés.

Elle sursauta et s'écarta immédiatement, le souffle court. Elle avait l'impression d'avoir été brûlée au fer rouge.

Angel la fixait aussi, haletant.

Il prenait soin de contrôler son expression et de ne rien laisser paraître, mais il était consterné par son impulsivité. Il n'avait pas eu l'intention de la toucher, et certainement pas dès son arrivée, mais aucune femme ne lui faisait perdre le contrôle de lui-même comme Gabriella : en sa présence, toutes ses belles résolutions s'envolaient en fumée, consumées par le besoin de poser les mains sur elle. C'était un sentiment enivrant. Trop enivrant à son goût. Il n'avait jamais voulu d'une alchimie aussi passionnée ; il en connaissait les écueils. Il avait vu son père succomber à la même ivresse et se perdre lui-même parce qu'il avait follement aimé sa femme. Il ne voulait pas faire les mêmes erreurs.

— Je ne crois pas que ce soit une bonne idée, marmonna Gaby en lissant sa blouse, les joues encore chaudes d'embarras.

Elle était en colère contre elle-même ; en colère contre lui, injustement, et contre le pouvoir qu'il avait sur elle.

— C'était une très bonne idée, rétorqua Angel avec un sourire taquin. La vie de célibataire ne me convient pas.

Il avait l'air si parfaitement à l'aise, si sûr de lui… N'était-il jamais décontenancé ? Elle avait constamment l'impression de perdre l'équilibre, en sa présence.

La porte de l'ascenseur coulissa, et Angel la laissa passer dans une belle galerie lumineuse.

— Je t'attendrai dans ta chambre après ta soirée, dit-il.

Gaby se sentit rougir jusqu'à la racine des cheveux. Elle ne pouvait pas vraiment lui en vouloir de penser qu'il serait le bienvenu dans son lit. Elle avait toujours répondu fiévreusement à ses avances, même quand sa raison lui avait hurlé de le repousser. Pourquoi ne parvenait-elle pas à réagir de façon rationnelle quand elle était près de lui ? Pourquoi n'arrivait-elle jamais à reculer, à lui dire clairement et définitivement qu'elle voulait garder ses distances ?

— Non, Angel. Je ne veux pas passer la nuit avec toi. Tu crois que je t'ai pardonné de m'avoir forcée à t'épouser ?

— Gabriella… Certes, j'ai fait pression sur toi, mais seulement parce que je voulais prendre la meilleure décision possible pour notre famille.

Gaby serra les dents. Il avait l'audace d'avoir l'air perplexe, comme s'il était surpris qu'elle lui garde rancune d'avoir agi comme un véritable tyran et changé le cours de sa vie en un claquement de doigts. Décidément, Angel était capable de justifier n'importe quelle stratégie, du moment que ses moindres désirs étaient exaucés.

— Alors quoi, tu penses que tu m'as fait une faveur ? s'exclama-t-elle.

— Et toi non, de toute évidence. Tu as décidé de me punir en refusant de partager mon lit ? Tu crois vraiment que c'est la meilleure façon de commencer notre mariage ?

— Je me fiche de la meilleure façon de commencer notre mariage !

Angel la foudroya du regard avant d'ouvrir une porte sculptée ; Gaby entra la première dans une immense nurserie à la décoration contemporaine.

— Elle n'a pas été utilisée depuis mon enfance, expliqua Angel. J'ai demandé qu'elle soit remise au goût du jour avant votre arrivée.

Et de fait : la pièce était remplie de jouets et de meubles dernier cri. Un adorable berceau en forme de train trônait sur une estrade, et les étagères croulaient sous les livres pour enfants. Une porte qu'elle n'avait pas remarquée bascula à l'autre bout de la pièce. Marina pénétra dans la nurserie, le sac d'Alexios à l'épaule, et leur sourit largement. En voyant la nourrice, Gaby sentit sa tension s'évaporer. Elle lui rendit son sourire, et elles s'occupèrent ensemble de changer et de coucher le bébé, pendant qu'Angel observait le processus avec attention, peut-être dans le but de le reproduire plus tard.

Il l'agaçait prodigieusement, mais elle ne pouvait nier qu'il semblait décidé à jouer son rôle de père.

Ils quittèrent ensuite Marina et, une fois dans le couloir, Angel prit sa main dans la sienne.

— Cassia a organisé un enterrement de vie de jeune fille pour toi ce soir. Ce sera sûrement un événement élégant. Ne t'attends pas à des gâteaux phalliques et des jeux de boisson. Elle a aussi invité mes cousines.

— Les filles de ton oncle Timon ? Mes demoiselles d'honneur ?

— Oui, et d'autres membres de la cour et de la famille, afin que tu les rencontres avant le mariage.

Gaby hocha la tête. Sa main était toujours rigide dans celle d'Angel.

— Et toi ? Où vas-tu ?

— J'ai un dîner avec des investisseurs.

Sans lâcher ses doigts, il l'attira vers un autre escalier et la mena de couloir en couloir, dans le labyrinthe du palais.

— Mon emploi du temps est très chargé, mais j'ai fait au mieux pour repousser la majorité de mes voyages à la fin de la saison. Je pourrai passer plus du temps avec toi et Alexios.

— Quel honneur ! railla Gaby.

Angel n'eut pas l'occasion de riposter, car Cassia venait d'apparaître au bout du corridor.

— Navrée de vous interrompre, mais le Conseil de la Couronne vous attend, Sire. Je peux accompagner votre fiancée à ses appartements.

— Merci, Cassia. Si tu veux bien m'excuser, Gabriella…

Avec un dernier hochement de tête, Angel les quitta.

— Suivez-moi, mademoiselle Knox, dit Cassia en reprenant son chemin.

Gaby pinça les lèvres et lui obéit en silence. Elle avait besoin d'être seule. Ces quelques instants volés avec Angel n'avaient fait que la troubler un peu plus. Ses émotions étaient, comme toujours à son contact, en ébullition.

Cassia, au moins, avait le mérite d'être calme et silencieuse. Elle marcha sans mot dire et ne reprit la parole qu'en arrivant à sa chambre.

— C'est ici que vous logerez, annonça-t-elle en ouvrant la porte avant de lui laisser le passage. Ce sont les anciens appartements de feu la reine Nabila. Ils ont été fraîchement redécorés pour vous.

La première pièce, un superbe salon, était claire, blanche et aérée, rehaussée de touches bleues et vert pâle. En parfaite toile de fond aux meubles de bois clair, des panneaux illustrés de délicates fleurs peintes ornaient les murs. Un magnifique bouquet, encore embelli par son superbe vase de cristal, embaumait l'air. Cassia lui montra ensuite la chambre, la salle de bains attenante et le dressing.

— J'espère que les vêtements vous plairont, dit-elle.

Gaby fronça les sourcils.

— Les vêtements ?

Cassia fit coulisser les immenses panneaux des penderies pour révéler d'innombrables housses à vêtements pendues et d'autres tenues déjà proprement rangées sur les étagères.

— Le prince vous a commandé une nouvelle garde-robe.

— C'est très généreux de sa part, mais je n'aurai jamais besoin d'autant de choses…

— Croyez-moi, vous en aurez besoin pour vivre à Themos, déclara Cassia. Porter des tenues de designers fait partie intégrante de votre image publique, en tant qu'épouse du prince régnant. Pour ce soir, je vous conseille une robe de cocktail. J'ai engagé une femme de chambre expérimentée afin qu'elle s'occupe de votre coiffure et puisse vous conseiller efficacement concernant vos tenues.

Malgré son embarras, Gaby s'efforça de lui sourire poliment.

— Merci, c'est très gentil de ta part.

— Compte tenu des circonstances, c'est effectivement très généreux, lâcha sèchement Cassia.

Gaby cligna des yeux, surprise par sa riposte.

— Quelles « circonstances », Cassia ?

— Votre fiancé avait l'intention de m'épouser, *moi*. J'étais le parti idéal, vous comprenez.

Gaby marqua un temps d'arrêt. Qu'était-elle censée répondre à un aveu pareil ? Mal à l'aise, elle grimaça légèrement. Le dédain que lui portait Cassia était plus palpable que jamais.

— Je comprends, murmura-t-elle. Et je n'en savais rien.

— Évidemment. Vous ne saviez *rien* de la cour il y a quelques semaines. Mais peu importe, c'est de l'histoire ancienne. N'en parlons plus, je n'aurais pas dû le mentionner.

Gaby hocha la tête, soulagée de changer de sujet. Cependant, le mal était fait : l'avertissement de Cassia n'était pas anodin, elle en était certaine. Elle avait l'impression d'être une usurpatrice, montée sur le trône à cause de sa grossesse, alors que Cassia avait l'assurance, le pedigree et les connaissances nécessaires pour faire une bonne reine. Et comment Cassia pouvait-elle être sûre qu'Angel avait pensé à elle pour le rôle ? En avaient-ils parlé tous les deux ? Avaient-ils des projets, avant que Gaby réapparaisse dans la vie d'Angel ?

Cela ne l'aurait pas surprise. Cassia Romano, fille de courtier et née à Themos, avec son élégance aristocratique, sa solennité glaciale, sa diction parfaite et sa beauté arctique, aurait fait une épouse parfaite pour Angel. Et pourtant ils n'étaient pas officiellement fiancés, quand elle avait revu Angel à Alharia... Non, elle le connaissait trop bien. Elle était prête à parier qu'il n'avait aucunement eu l'intention de se marier avant des années. Il avait pris ses dispositions à cause de la naissance d'Alexios, et non pas parce qu'il se sentait prêt à s'engager auprès de qui que ce soit.

Cassia s'inclina gracieusement et retourna au salon.

— Vos amies sont installées dans la suite d'en face. Nous partirons dîner à 7 heures.

Liz, qui adorait la mode, explora la nouvelle garde-robe de Gaby en poussant des exclamations d'extase. Pendant qu'elles se préparaient, Gaby confia aux jumelles ce que Cassia lui avait dit avant de la quitter.

— Oh ! mon Dieu ! murmura Laurie.

— Comme tu dis ! marmonna Gaby. Je ne savais plus où me mettre.

— Peut-être qu'elle voulait simplement être honnête avec toi pour démarrer du bon pied, suggéra Liz.

Laurie secoua la tête, sceptique.

— Ou alors, peut-être que Cassia se faisait des films avant que tu réapparaisses. Qui sait si Angel avait vraiment l'intention de l'épouser ? Elle veut peut-être simplement jouer les victimes. Je ne vois pas pourquoi elle t'aurait révélé une chose pareille, si ce n'est pour te menacer ou te faire culpabiliser.

— Je crois que Cassia est un peu étrange, tout simplement, soupira Gaby en caressant la soie bleue d'une robe à bretelles.

Elle n'aimait pas l'idée qu'Angel ait dépensé des sommes astronomiques pour l'habiller, mais elle devait admettre qu'elle ne possédait aucune tenue assez luxueuse pour rivaliser avec les courtiers de Themos.

— Je crois que je vais mettre celle-ci, dit-elle en sortant la robe et une paire de sandales à talons.

— Tu crois qu'on va sortir après le repas ? J'aimerais tellement aller danser !

— J'en doute, répondit Gaby en riant. Cassia n'a pas l'air du genre à organiser une soirée en boîte. C'est déjà une aubaine que nous allions au restaurant plutôt qu'à une réception guindée pour rencontrer les conseillers du roi.

Une heure plus tard, habillée, pomponnée, coiffée et prête à rejoindre ses amies, Gaby sortit de la chambre d'un pas vif et s'arrêta net en découvrant Angel dans son salon. Il l'attendait de pied ferme, posté à la fenêtre, auréolé d'or et de pourpre dans la lumière du crépuscule.

— J'ai oublié de te donner ceci, souffla-t-il en pivotant vers elle avant de la rejoindre de sa démarche féline.

Sans hésiter, il prit sa main dans la sienne et passa à son annulaire une sublime bague de diamants et de saphirs.

— Tout le monde compte voir une bague, n'est-ce pas ? Je ne voudrais pas les décevoir.

Angel garda la main de Gabriella dans la sienne et la contempla d'un regard appréciateur. Elle était absolument sublime dans sa robe raffinée. Le bleu profond de la soie faisait ressortir la pâleur de sa peau, la couleur brûlante de ses cheveux lâchés et l'éclat outremer de ses iris sombres. L'étoffe cascadait comme de l'eau sur ses formes généreuses.

Gaby détourna les yeux la première et délivra sa main pour admirer les joyaux qui chatoyaient dans les derniers rayons du soleil. Le saphir était taillé en émeraude, énorme, rectangulaire, de la même teinte qu'un ciel nocturne, et entouré de diamants baguettes comme un halo scintillant autour d'une étoile. Elle n'avait jamais vu un bijou aussi sublime. Elle ne pouvait imaginer combien il était précieux, et l'idée de le porter en public lui nouait la gorge. Décidément, elle ne s'habituerait jamais à tant de magnificence…

— Est-ce qu'il est vraiment nécessaire de feindre nos fiançailles ?

Angel fronça les sourcils. Parfois, Gabriella le frustrait terriblement. Il ne comprenait ni sa réaction ni sa colère. Elle ne se pâmait pas en voyant de beaux bijoux, elle ne s'était pas répandue en compliments à propos des vêtements qu'il avait commandés pour elle. Il avait pensé que des cadeaux auraient adouci la rancune qu'elle semblait lui porter depuis qu'il l'avait demandée en mariage, mais rien n'y faisait !

— Je pensais bien faire. Et nos fiançailles ne sont pas feintes, Gabriella. Nous nous marions dans deux jours. Nous ne mentons pas, nous avons simplement sauté quelques étapes.

— Des étapes *très* importantes.

Gaby luttait pour ne pas sombrer dans l'or liquide de ses prunelles, pour ne pas faiblir face à la beauté de son demi-sourire, la chaleur de sa main sur son épaule.

— C'est un nouveau départ…

— Non. C'est juste un autre chapitre. Nous n'avons jamais eu de vrai départ, Angel.

Les jumelles choisirent ce moment très propice pour frapper à la porte et apparaître sur le seuil. Gaby poussa un soupir de soulagement.

— Désolée, il faut que j'y aille.

Sans un mot de plus, elle suivit Liz et Laurie dans le couloir. Sur le chemin du grand hall, néanmoins, elle grimaça pour elle-même. Elle regrettait déjà son attitude. Elle se montrait terriblement ingrate avec Angel. Elle sortit son portable et lui envoya un message pour lui dire combien elle aimait la bague et le remercier pour ses nouveaux vêtements. C'était la moindre des choses. Oui, elle lui en voulait, mais elle ne souhaitait pas se comporter comme une enfant gâtée. Elle laissait trop souvent sa frustration et ses complexes prendre le pas sur sa raison, lorsqu'elle était avec Angel. Elle avait bien l'intention de camper sur ses positions quand elle se savait dans son droit, mais elle ne voulait pas lui tenir tête lorsqu'il ne méritait pas d'être repoussé.

Dans la voiture, les jumelles s'extasièrent sur sa bague pendant que Cassia restait silencieuse, les yeux fixés sur le paysage. Elles arrivèrent très vite à destination. À la grande surprise de Gaby, le restaurant était bondé. C'était un choix étrange pour un dîner supposément discret. Un majordome les accueillit avec déférence et les mena à une grande table circulaire, au centre d'une salle à manger luxueuse et imposante. Des jeunes femmes y étaient déjà installées ; dans le tourbillon des rires et des présentations, Gaby se détendit enfin. On lui offrit bien vite une flûte de champagne, et la conversation s'anima aussitôt. Seule Cassia restait laconique.

Elle ne semblait proche d'aucune des invitées et ne prenait que rarement la parole.

Elles commandèrent tour à tour et, en attendant que les entrées soient servies, Gaby peina à se concentrer sur la conversation. Elle passa une main sur son front moite. Elle se sentait étrangement fiévreuse.

— Tu n'as pas chaud ? murmura-t-elle à l'oreille de Liz.

— Non, je vais bien. Mais je suis étonnée que Cassia ait choisi un endroit aussi public. J'ai vu des gens prendre des photos en cachette, et les serveurs courent dans tous les sens…

Gaby secoua la tête. Elle avait du mal à distinguer le visage de son amie. Elle avait la bouche sèche, le souffle court, la vision trouble. Elle ravala un haut-le-cœur et se leva.

— Je reviens tout de suite.

— Gaby ? Tu veux que je t'accompagne ?

— Non, merci, j'ai juste besoin d'air, lança-t-elle.

Elle ne voulait pas gâcher la soirée et, si elle s'apprêtait à être malade, elle préférait être en privé. Elle se redressa et quitta la salle à manger d'un pas vif. Elle avait la tête qui tournait et les jambes faibles. Dans un état second, elle localisa la direction du vestiaire et s'y précipita.

Elle avait l'impression qu'elle allait s'évanouir d'une minute à l'autre. Que lui arrivait-il ? Avait-elle attrapé quelque chose pendant le voyage ?

Le vestiaire était heureusement désert. Elle se laissa glisser contre le mur et resta immobile un moment, tremblant de tous ses membres. Elle ne savait pas quoi faire. Elle avait seulement besoin de…

Impulsivement, elle pressa le numéro d'Angel. Il décrocha presque aussitôt.

— Gabriella ?

— Je ne me sens pas très bien. Je crois que je suis malade, mais je ne veux pas interrompre les festivités…

— Où es-tu ?

— Je ne connais pas le nom du restaurant. Je suis dans le

vestiaire…, marmonna-t-elle en laissant tomber la tête dans ses mains.

La pièce tournait autour d'elle, et le téléphone lui échappa des doigts ; elle tenta de soutenir sa tête, trop lourde, brûlante, mais en vain. Bientôt, le monde sombra dans le noir.

7.

Gaby ouvrit les yeux, l'esprit embrumé. Elle était dans une pièce sombre et fraîche. Elle découvrit avec soulagement qu'elle parvenait de nouveau à respirer normalement. Confuse, elle tenta de se redresser sur un coude, mais quelque chose tirait douloureusement sur son bras ; elle tenta de se tourner. Une main se posa doucement sur la sienne.

— Ne bouge pas, Gabriella. Tu as une perfusion dans le bras, tu étais déshydratée, murmura Angel.

Dès qu'elle entendit sa voix, la panique s'évapora. Elle poussa un soupir de soulagement. Elle se souvenait, maintenant : elle avait eu du mal à respirer, elle avait chancelé jusqu'au vestiaire et…

— Oh ! mon Dieu ! Je suis désolée, marmonna-t-elle en embrassant la pièce du regard.

À travers la fenêtre, elle découvrit qu'il faisait nuit noire. Combien de temps s'était écoulé depuis qu'elle lui avait téléphoné ?

— Quelle heure est-il ?

— Très tard. C'est la première fois depuis que je t'ai rejointe que tu es assez consciente pour parler.

— Je… Nous sommes à l'hôpital ?

— Oui, mais je vais te faire sortir d'ici dès que les médecins m'y autoriseront.

Elle leva les yeux vers lui, surprise par son ton déterminé. Il était bien moins impeccable qu'il ne l'était d'habitude : échevelé, la mâchoire ombragée d'une barbe naissante, la chemise dépenaillée, il avait retroussé ses manches et dénoué sa cravate. Sous le poids de son regard scrutateur, il se leva d'un bond et se mit à faire les cent pas.

— Je t'ai dérangé pendant ton dîner…, dit-elle alors que les souvenirs de la soirée s'éclaircissaient dans son esprit.

— Et heureusement ! lança Angel.

Il se tourna vers elle. Ses mains fébriles tremblaient, et son beau visage était hanté par une vulnérabilité qu'elle ne lui avait jamais vue. Elle tendit une main vers lui, stupéfaite, mais il ignora son geste d'apaisement et s'écria :

— Tu as été droguée, Gabriella. Dans un restaurant ! En public ! C'est inconcevable, *inconcevable* qu'on s'attaque ainsi à ma fiancée. Je n'aurais jamais imaginé que tu puisses être en danger. Crois-moi, cela n'arrivera plus.

— Droguée ? répéta Gaby, éberluée. Mais comment ?

— Nous allons tirer cette affaire au clair, ne t'inquiète pas, promit-il, les yeux étincelant de fureur vengeresse. Je peux t'assurer que nous trouverons le responsable. Mais cela n'a aucun sens : tu étais au restaurant, entourée par tes amies. Il aurait été impossible de te faire du mal ou de t'enlever. Je ne comprends pas.

Il secoua la tête, soudain épuisé.

— La police veut que tu fasses une déposition.

— Bien sûr, murmura Gaby.

— Je ne me le serais jamais pardonné si quelque chose t'était arrivé, Gabriella. Pourquoi as-tu quitté la table ?

— Je ne me sentais pas bien et je ne voulais pas gâcher la soirée. Je voulais juste prendre un peu l'air… Je suis navrée.

— Non, non, ce n'est pas ta faute. Comment aurais-tu pu imaginer que tu étais en danger ? Le restaurant était plein à craquer de témoins.

— Peut-être que l'objectif n'était pas de m'enlever ni de m'attaquer, Angel. Peut-être qu'on voulait simplement me rendre malade. Je n'ai bu qu'une flûte de champagne et je n'avais même pas commencé à manger. Nous venions tout juste de commander. Je n'ai interagi qu'avec le serveur et le sommelier.

— Et avec tes invitées. Quelqu'un à ta table aurait pu glisser quelque chose dans ton verre, marmonna Angel, le visage sombre. Nous ne pouvons pas ignorer cette possibilité.

— Ni Liz ni Laurie, affirma Gaby.

Un médecin les rejoignit bientôt pour l'ausculter. Angel resta auprès d'elle, visiblement anxieux.

Elle ne l'avait jamais vu aussi bouleversé : il était habituellement si maître de lui-même... Quant à elle, elle avait toujours du mal à croire que sa première impulsion, lorsqu'elle s'était laissé submerger par la panique, avait été de l'appeler, *lui*. Et il avait immédiatement accouru. Peut-être lui faisait-elle plus confiance qu'elle n'avait osé se l'avouer jusqu'ici.

— Liz et Laurie sont dans la salle d'attente. Je leur ai proposé de finir leur repas avant de nous rejoindre, mais elles ont insisté pour sauter dans un taxi et pour attendre que tu te réveilles, dit-il, amusé.

— Ça te surprend ? s'enquit-elle en riant. Ce sont mes meilleures amies. Elles sont loyales !

Un grand sourire chassa sur le beau visage d'Angel les ténèbres de son inquiétude.

— Tu as de la chance. Je suis heureux que tu aies des alliées aussi solides.

Gaby laissa son regard s'attarder sur la beauté de sa bouche sensuelle, sur l'éclat adorable de son sourire, sur l'or riche de ses yeux si particuliers. Son cœur battait trop vite. Le manque de lui était soudain intolérable ; elle aurait aimé l'attirer dans ses bras, l'embrasser, l'étreindre. Elle serra les dents et déglutit, alarmée par la violence de ses émotions. En désespoir de cause, elle reprit la parole.

— Je n'arrive toujours pas à croire qu'on m'ait droguée. Je ne *veux* pas le croire.

Angel hocha la tête et s'assit au bord du lit, trop proche et trop loin à la fois. Le parfum léger de son eau de Cologne lui chatouilla les narines, douloureusement familier.

— À partir de maintenant, tu auras toujours une équipe de sécurité à tes côtés. Cela n'arrivera plus *jamais*, Gabriella. J'ai appris ma leçon.

— Ce n'est pas ta faute, Angel.

Elle posa une main sur la sienne, touchée par son émotion, par son désir de la protéger coûte que coûte. Elle avait envie de l'attirer à elle, de l'enlacer de toutes ses forces, pour le rassurer, pour se rassurer, et parce qu'elle le désirait plus intensément que jamais. Elle ne comprenait pas les réactions de son corps, les réactions de son âme : l'attraction était une réaction normale, mais ce manque, ce *besoin* lui semblait trop féroce. Elle se sentait consumée. Gaby admirait la réserve et la logique. Elle se méfiait de la femme qu'Angel réveillait en elle, une femme assoiffée, qui ne contrôlait rien de ses pulsions ; une femme qui le voulait à en souffrir.

Elle fit sa déposition auprès d'un inspecteur de police visiblement terrifié d'être en présence du prince de Themos. Malheureusement, elle n'avait pas grand-chose à lui dire : elle n'avait pas prêté attention aux alentours et n'avait remarqué aucun comportement suspect. Liz et Laurie la rejoignirent ensuite, et Liz expliqua qu'elle s'était rendu compte de son malaise et l'avait rapidement suivie dans le vestiaire, où elle l'avait trouvée évanouie.

— Angel est arrivé quelques minutes après, et la situation est partie en vrille. Il était bouleversé. Il t'a portée hors du restaurant lui-même, en empruntant la sortie de secours, encadré par une dizaine d'agents de sécurité, qui se proposaient tous à qui mieux mieux pour prendre la relève, évidemment.

— Je n'ai jamais été très fan de lui, renchérit Laurie, mais il a été extraordinaire. Il est très efficace sous pression. J'ai découvert une nouvelle facette d'Angel, ce soir. Il était furieux que quelqu'un ait pu vouloir te faire du mal, mais sa colère ne l'a pas empêché de contrôler la situation.

Gaby se laissa bercer par le bavardage des jumelles et s'endormit à nouveau. Lorsqu'elle s'éveilla, Angel était de retour à son chevet, et les rayons dorés de l'aurore éclairaient la chambre.

— Tu es resté toute la nuit ? murmura-t-elle.

— Bien sûr. Les médecins m'ont confirmé que tu pouvais partir. Ta femme de chambre t'a apporté un change. Si tu t'en sens capable, nous pouvons rentrer au palais pour le petit déjeuner.

— Bien sûr, c'est parfait.

Elle avait hâte de se rafraîchir et de quitter l'hôpital. Elle se redressa. Angel la soutint pour l'aider à se lever avant de lui tendre le sac qui contenait ses affaires.

Gaby s'engouffra dans la salle de bains et retint une grimace en voyant son reflet dans le miroir. Son maquillage avait coulé, elle était pâle et encore tremblante. Une douche brûlante la revigora un peu, mais elle se sentait toujours très faible. À vingt-quatre heures de son mariage, ce n'était pas vraiment idéal. Qui donc avait bien pu glisser quelque chose dans son verre, et dans quel but ? Elle avait toujours du mal à croire qu'elle avait pu être ciblée ainsi, alors qu'elle était en présence de ses amies et des connaissances d'Angel. Elle passa rapidement le pantalon et la blouse que sa femme de chambre avait choisis pour elle, rassembla ses cheveux en chignon et rejoignit Angel dans la chambre.

— Je crois que je vais avoir besoin d'une autre sieste, confia-t-elle dans la limousine. Mais Alexios va finir par se demander où je suis…

— Je vais m'occuper de lui. Tu as besoin de repos. Le mariage risque d'être épuisant.

Angel serra brièvement sa main dans la sienne.

— Qui plus est, tu as des bijoux à choisir. Mais tu peux le faire de ton lit, ajouta-t-il avec un sourire taquin.

Il la laissa dormir encore quelques heures dans ses appartements avant de lui faire porter une flopée de magnifiques écrins.

— Toutes ces pièces font partie des joyaux Diamandis. Les saphirs sont dans ma famille depuis des siècles… Ce sont mes préférés. J'espérais te voir les porter au mariage.

Quand il lui ouvrit l'écrin, Gaby resta bouche bée, muette de stupéfaction. Angel venait de révéler une sublime tiare de saphirs et de diamants ainsi qu'une parure assortie. Chaque bijou était d'une beauté et d'une opulence à couper le souffle.

— Oh ! mon Dieu ! murmura-t-elle. Est-ce que… Est-ce qu'ils appartenaient à ta mère ?

— Non, ma mère avait des goûts plus contemporains. La parure et la tiare me viennent de ma grand-mère, qui les avait elle-même héritées de ses ancêtres russes ; elle les a ensuite ajoutées aux joyaux familiaux lorsqu'elle a épousé mon grand-père. Mais tu n'es pas obligée de les porter. Choisis les bijoux qui te plaisent le plus. Ta femme de chambre m'a fait savoir que tes essayages commençaient très bientôt. Tu pourras prendre ta décision après ça.

L'après-midi passa en un éclair, dans un tourbillon d'activités. Essayages, coiffure, puis chorégraphie de la cérémonie : quelle porte devrait-elle emprunter, quel couloir devrait-elle suivre, à quelle demoiselle d'honneur devrait-elle emboîter le pas, et une multitude de détails qu'elle n'avait jamais envisagés jusque-là. Devant le plan de la cathédrale que l'on projetait maintenant dans son salon, Gaby tenta de tenir à distance la bouffée d'angoisse qui montait en elle. Le mariage serait terminé demain soir ; mais qu'en était-il de la vie de reine ? Quelles seraient ses responsabilités, en tant que consort ? Serait-elle à la hauteur des attentes d'Angel et du royaume ?

Elle avait les nerfs à fleur de peau lorsqu'on la libéra enfin et elle se pressa de monter à la nurserie, impatiente de retrouver Alexios.

Le bébé n'était pas dans sa chambre ni avec sa nourrice. Gaby le trouva dans la vaste salle de bains attenante, avec Angel. À sa grande surprise, le prince de Themos avait retroussé ses manches et faisait allègrement plonger des jouets en plastique dans la baignoire pleine de mousse parfumée, encouragé par les cris et les battements de bras extasiés du bébé. Tous deux étaient aussi trempés l'un que l'autre.

Marina attendait sur le seuil, la veste d'Angel sur le bras, et lui sourit dès qu'elle s'approcha.

— Ils s'amusent beaucoup ensemble, murmura-t-elle.

— Je vois ça, dit Gaby. Je ne vais pas les déranger. Je reviendrai pour le dîner d'Alexios d'ici une demi-heure.

En réalité, elle était fascinée de voir Angel si détendu en présence du bébé ; si visiblement heureux et serein. Elle l'entendait rire dans la salle de bains. Dans l'entrebâillement de la porte, elle leur vola un dernier regard : Alexios, couvert de bulles, et Angel, ses cheveux sombres et sa chemise trempés, les yeux brillant d'amusement et d'amour, un immense sourire aux lèvres.

Libre. Sans aucun artifice.

Voilà ce qu'il avait voulu dire lorsqu'il avait parlé d'une famille « normale ». Pour la première fois, elle était en paix avec cette définition. Elle était heureuse qu'Angel soit le père d'Alexios et qu'il joue l'un des rôles principaux dans la vie de son petit garçon. Elle se fichait de la fortune et des privilèges auxquels Alexios aurait accès, mais voir Angel lui donner sa présence et son amour… C'était inestimable.

Angel serait-il aussi attentif à son épouse ? Elle ne voulait pas être un devoir pour lui, ni une extension de son fils. Oh ! c'était stupide. Elle ne pouvait pas continuer de se torturer à propos des sentiments qu'il lui portait, des sentiments *qu'elle* lui portait. Elle finirait par se rendre folle.

— Alors ? Pas trop nerveuse ? s'enquit Liz quand Gaby rejoignit les jumelles dans leur salon pour un peu de détente tardive avant le grand jour.

— Peut-être demain, répondit Gaby en souriant. Mais je n'ai aucun regret, et c'est le principal. J'ai pris la bonne décision.

8.

Gaby tourna sur elle-même une dernière fois devant le miroir en pied. La robe était sublime : le décolleté dégageait ses épaules, la taille resserrée mettait en valeur sa silhouette ; la jupe en crêpe de soie, incrustée de cristaux et de nacre, s'évasait comme une large corolle et scintillait sous le lustre à chaque mouvement. Dans ses cheveux, souplement relevés, la tiare des Diamandis brillait comme une couronne de feu, soulignée par le rappel bleu encre des saphirs à ses oreilles et sur sa gorge.

Elle ne s'était jamais sentie aussi belle.

— Tu es absolument magnifique, soupira Liz en prenant une énième photo.

— Tout le monde est prêt ? s'enquit Cassia. J'ai juste besoin de m'entretenir rapidement avec la mariée avant la cérémonie.

Elle leur lança un grand sourire, et Liz se leva immédiatement. Laurie, en revanche, prit le temps de se recoiffer et de rassembler ses affaires avant de se diriger vers la sortie. Les jumelles embrassèrent Gaby une dernière fois, puis quittèrent la pièce. Cassia ferma le battant derrière elles. Elle portait une robe fourreau couleur cannelle et avait l'élégance et le glamour d'un mannequin tout droit sorti d'un magazine. Elle resta appuyée contre le vantail et, sous le poids de son regard scrutateur, Gaby se raidit.

— Cassia… ?

— J'ai beaucoup hésité avant de vous parler de ma relation

avec Angel, déclara Cassia. Mais je pense qu'il faut que nous soyons honnêtes l'une avec l'autre.

— Je ne sais pas de quoi tu parles…

— Angel et moi sommes amants depuis des années. Je ne pense pas que cela changera après votre mariage, murmura Cassia en baissant modestement les yeux. Il me semble important que vous en soyez consciente pour que votre mariage fonctionne. Vous savez qu'Angel fait toujours ce qu'il a envie de faire, comme il a envie de le faire.

Le cœur battant à tout rompre, Gaby releva le menton. Elle prenait soin de contrôler son expression.

— Je ne te crois pas, asséna-t-elle, glaciale.

Elle connaissait Angel, elle le connaissait bien mieux qu'à l'université. Elle avait découvert chez lui une facette respectueuse et honorable qu'elle n'avait pas su comprendre, des années plus tôt. Il était honnête. Elle le voyait mal entretenir une liaison sordide avec sa propre employée et, si cela avait été le cas, elle était convaincue qu'il ne la lui aurait pas cachée, pas avant qu'ils se marient.

Sa réaction sembla désarçonner Cassia. Elle se raidit, et ses yeux pâles s'aiguisèrent. Le dédain qu'elle avait caché jusque-là étincela sur son beau visage.

— Je t'assure que je dis la vérité. Pourquoi mentirai-je sur un sujet aussi délicat, voyons ?

Pourquoi ? Gaby n'avait aucun mal à imaginer ses raisons. Cassia avait patiemment attendu dans l'ombre d'Angel pendant qu'il passait de femme en femme. Elle avait peut-être cru que l'ennui, l'âge et les responsabilités finiraient par avoir raison de l'indépendance d'Angel et que, dans ce cas-là, son amie et courtière ferait l'épouse parfaite. Malheureusement, ses attentes avaient été déçues. Cassia, au lieu de monter sur le trône, s'était vue obligée de servir une femme qu'elle avait toujours méprisée.

— Tu mens, insista très calmement Gaby. Je comprends pourquoi et je suis navrée que la situation ne te convienne pas, mais rien de ce que tu pourras me dire aujourd'hui ne me fera changer d'avis. J'ai l'intention d'épouser Angel aujourd'hui.

— Et tu vas le regretter, siffla Cassia. Crois-moi, je vais faire de ta vie un enfer.

Gaby secoua la tête. Cassia ne l'impressionnait pas ; la seule chose qu'elle regrettait, c'était la conversation qu'elle devrait avoir avec Angel. Comment pourrait-elle travailler ou accepter les conseils d'une femme qui la haïssait ? Elle n'avait aucune envie d'expliquer à Angel que son amie, en qui il avait une parfaite confiance, avait décidé de nuire sa femme.

— Et tu es sûre qu'elle ment ? s'enquit Laurie, une fois qu'elles furent toutes les trois installées dans la limousine qui les conduisait à la cathédrale.

— Oui. Je suis observatrice et je n'ai jamais vu aucune trace de familiarité ni d'attraction entre eux. Je pense que c'était une tentative désespérée pour que je décide d'annuler le mariage à la dernière minute.

Liz fronça les sourcils.

— Tu vas devoir en parler à Angel.

— Oui, répondit Gaby en grimaçant, mais pas aujourd'hui. Je ne veux pas laisser Cassia gâcher cette journée.

— Exactement ! lança Laurie en souriant. Profite, tu t'occuperas de tout cela plus tard. Je t'envoie l'enregistrement, d'accord ?

— L'enregistrement ?

— Je ne fais pas confiance à Cassia. J'ai laissé mon téléphone sur la coiffeuse pour enregistrer votre conversation.

Liz éclata de rire.

— Mon Dieu ! Tu es une vraie espionne, Laurie.

Gaby la serra contre elle avec reconnaissance.

— Merci, merci beaucoup, Laurie. Envoie-le-moi, tu as raison, cela peut servir.

Gaby dut rassembler une assurance qu'elle ne se connaissait

pas pour marcher jusqu'à l'autel sans baisser les yeux, dans cette cathédrale grandiose et sous les regards scrutateurs d'une foule de sujets. Elle garda la tête haute, malgré son extrême nervosité. Elle prit soin d'ignorer l'agitation sur les bancs. Elle n'avait d'yeux que pour Angel, de toute façon. Il voulait qu'elle soit sa femme ; quelles que soient leurs raisons, aujourd'hui c'était cette conviction qui la poussait en avant et allégeait son cœur.

Il se tourna vers elle alors qu'un murmure d'approbation ruisselait dans la foule. Lorsque leurs regards se trouvèrent, il resta bouche bée ; son admiration évidente lui arracha un sourire, et elle sentit ses joues s'embraser.

Angel, de son côté, était comme foudroyé sur place. Gabriella avançait vers lui comme un fantasme de soie immaculée. Sa robe épousait exquisément ses courbes et ne dévoilait que ses épaules laiteuses. Sa crinière de feu était relevée, mais cascadait souplement sur sa nuque et soulignait l'éclat scintillant de sa tiare. Les saphirs étincelaient sous les lumières, mais leur splendeur ne pouvait rivaliser avec ses prunelles bleu encre et la pâleur diaphane de sa peau. Angel se redressa, bien droit, prêt à accueillir sa future épouse.

À son oreille, Saif, son témoin, murmura :

— Félicitations, petit frère !

Gaby arriva enfin près d'Angel et lui sourit. Il avait l'air calme, et sa sérénité l'apaisa à son tour. Ils auraient aussi bien pu être seuls dans la cathédrale : elle ne voyait que lui, et il ne regardait qu'elle. Pendant la cérémonie, il lui passa son alliance et, la main dans la sienne, elle sombra dans le piège exquis de ses prunelles fauves. Son cœur battait la chamade. Comment pouvait-elle être aussi émue ? Il lui avait fait du chantage pour l'amener jusqu'ici. Il avait utilisé son fils pour faire pression sur elle. Son fils, son pouvoir, son influence. Elle avait choisi le moindre mal en acceptant de l'épouser. Elle ne savait pas ce qui l'attendait, elle ne savait pas si elle était capable d'être reine, si Angel serait un compagnon juste et respectueux. Alors pourquoi, *pourquoi* était-elle si heureuse d'être avec lui, devant l'autel, et pourquoi son cœur battait-il si vite ? Pourquoi serrait-elle sa main dans la sienne ?

Elle baissa les yeux sur leurs doigts liés, sur les bagues jumelles. Peut-être était-il temps d'admettre la vérité qu'elle avait si souvent refusée, si longtemps ignorée. Elle l'aimait encore. Elle l'avait toujours aimé. Et aimer Angel était un risque terrible.

À l'université, et encore aujourd'hui, il n'avait jamais respecté ses valeurs. Il avait toujours fait passer ses désirs avant les siens. Lorsqu'il avait fallu se battre, lorsqu'elle s'était défendue, il avait toujours rendu coup pour coup. Il était impitoyable dans sa colère, inflexible dans sa vengeance. Sa puissance phénoménale était aiguisée par son intelligence. Il ferait un terrible ennemi, et elle n'était pas sûre de pouvoir lui faire confiance.

Et rien de tout cela, rien des avertissements que lui soufflait sa raison ne pesait dans la balance, parce qu'elle était folle amoureuse de lui. La peur l'avait poussée jusque-là à garder férocement ses distances pour ne pas être blessée encore une fois.

Mais en vain.

— Tu es magnifique, murmura Angel alors qu'ils traversaient l'église sous les hourras. Mais tu peux sourire, tu sais ?

Et pour cause : ses méditations l'avaient glacée jusqu'aux os. Elle avait le visage tendu et sentait la rigidité de son échine sous la main tiède d'Angel.

Elle leva le regard vers lui et, malgré son angoisse, elle ne put résister à l'étincelle amusée qui dansait dans les yeux d'Angel. Elle lui sourit à son tour.

Ils débouchèrent sur le parvis couvert, où la presse et les curieux les attendaient avec impatience. Des flashs crépitèrent de tous côtés ; Gaby remarqua des caméras en marche et des journalistes avec des micros. Angel, néanmoins, semblait parfaitement à l'aise. Il attrapa ses deux mains et l'attira à lui avec ferveur.

— Gabriella… Nous nous sommes mariés pour Alexios, et je sais que cela t'inquiète. Mais cela ne signifie pas que nous ne pouvons pas être heureux ensemble.

Il la fixait avec une intensité brûlante, et sa voix rauque fit courir sur sa nuque un frisson de manque et de convoitise. Ses yeux glissèrent sur elle comme une caresse. Sa chair se hérissa en retour, échauffée, éveillée. Chaque moment avec Angel était comme une résurrection… Son corps réagissait à chaque regard, chaque attouchement.

Sans la lâcher des yeux, d'un mouvement inconsciemment et intolérablement érotique, il s'humecta les lèvres. Elle déglutit. Pendant quelques secondes, le monde disparut. Il n'y avait que lui, et elle, et le désir aigu de lui appartenir. Il entrelaça les doigts aux siens, et ils descendirent ensemble les marches du parvis, sous les flashs et les applaudissements. Elle avait encore le souffle court lorsqu'il claqua la portière de la limousine derrière eux.

— J'ai hâte de te présenter mon frère, Saif, et sa femme, à la réception, dit Angel en souriant.

Gaby retomba aussitôt sur terre.

— Tu as un *frère* ?

— Un demi-frère, le fils de ma mère avec son premier mari. Saif est l'héritier au trône d'Alharia. Notre mère a épousé son père, l'émir d'Alharia, mais les a quittés pour s'enfuir avec mon père, peu après la naissance de Saif. Leur divorce a été signé dans la plus grande discrétion. Je suis né à peine quelques semaines après le mariage de mes parents.

— Mais… pourquoi personne ne parle jamais de ton frère, alors ?

— Le père de Saif vivrait très mal que nous ayons une relation. Il est âgé, sa santé est fragile, et il a beaucoup souffert de la désertion de ma mère et du scandale qui a suivi. Saif m'a contacté il y a des années, en secret. Il ne voulait pas peiner son père, mais il voulait en savoir plus sur sa mère. Il ne lui a parlé de moi qu'il y a très peu de temps. Je ne savais même pas s'il serait présent à mon mariage. Il m'a surpris lorsqu'il m'a confirmé qu'il pourrait être des nôtres, et même prendre place à mes côtés. Je suis heureux d'avoir pu l'avoir comme témoin.

Une douceur rare habitait son regard mordoré ; le cœur de Gaby se serra d'émotion.

— Et je suis heureuse qu'il soit là pour toi, dit-elle en posant une main sur la sienne. Oh ! mon Dieu ! Alors c'est pour ça que tu étais à Alharia ? Je me doutais que tu étais invité à son mariage, mais…

— Oui, j'ai pris l'avion sur un coup de tête, mais je n'ai pas pu assister à la cérémonie ni me montrer à la réception, de peur que quelqu'un à la cour d'Alharia ne me reconnaisse. Il n'avait pas encore parlé de notre amitié à son père. J'étais… très déçu, je dois l'avouer.

Gaby caressa sa joue, pensive. Est-ce que cette déception – et le chagrin de voir son frère cacher son identité à sa famille – avait influencé son attitude envers elle ? Avait-il cherché sa compagnie pour oublier sa peine, ce soir-là ?

— Saif a dû en souffrir aussi, dit-elle. C'est sûrement pour cela qu'il était si déterminé à venir à ton mariage et à montrer son soutien publiquement.

Angel leva les yeux vers elle, surpris de sa perspicacité. Il avait toujours admiré l'intelligence de Gabriella. À cet instant, son acuité était une source de réconfort.

— Oui, tu as raison. Il est plus intuitif que moi et il fait toujours preuve d'une grande délicatesse. Bien sûr, je comprends pourquoi il a gardé notre amitié secrète aussi longtemps. Le voir ici avec sa femme et son fils a d'autant plus de valeur à mes yeux.

Il serra sa main dans la sienne.

— Ta mère a quitté Saif quand il était encore bébé, n'est-ce pas ? Cela a dû être très dur pour elle.

Le visage d'Angel s'assombrit immédiatement.

— J'en doute. Elle n'aimait pas particulièrement les enfants. Elle n'a jamais essayé de revoir Saif. D'après lui, l'émir aurait autorisé des visites, mais elle n'en a jamais demandé. Elle a fait comme s'il n'existait pas.

Gaby cligna des yeux. Entendre de la bouche de son propre fils que la reine Nabila « n'aimait pas particulièrement les enfants » était très révélateur. L'avait-elle négligé, lui aussi ? Elle mourait d'envie d'en savoir plus, mais le moment était mal choisi : ils arrivaient au palais, et une foule d'invités et de domestiques les attendaient à l'entrée. Elle rassembla ses jupes et laissa Angel l'aider à sortir de la limousine.

Ils durent se plier à une séance photo dans l'une des grandes salles de réception du rez-de-chaussée. C'est là qu'Angel lui présenta le prince Saif et sa femme, une petite blonde avec un bébé dans les bras.

— Enchanté de faire ta connaissance, Gabriella, dit Saif en souriant. Et voici mon épouse, Tatiana. Elle avait hâte de te rencontrer.

Gabriella leur serra chaleureusement la main, mais ne put leur accorder qu'une minute ; Marina était déjà à ses côtés avec Alexios, et le photographe plaçait Saif et sa femme sur le côté pour les portraits. Une main sur ses reins, Angel se pencha à son oreille pour murmurer :

— Vois-tu un inconvénient à prendre Alexios avec nous pour les photos ? J'ai pensé que ce serait une bonne façon de le présenter à son peuple, et un beau souvenir pour nous.

— Non, bien sûr que non, répondit Gaby en tendant les bras vers son bébé, qui agitait déjà les poings d'excitation.

Gaby le serra contre son cœur en riant pendant qu'il gazouillait de plaisir, puis, après quelques clichés, Angel le souleva à son tour. Quand la séance fut terminée, Alexios retourna avec sa nourrice, et les jeunes mariés passèrent dans la salle de bal où le repas avait été servi. Gaby put enfin bavarder un peu avec Saif et sa femme. Tatiana était adorable, et, en un rien de temps, elle, Gaby et les jumelles discutaient de tout et de rien en riant. Le fils de Saif et Tatiana, Amir, avait été installé dans un parc avec Alexios. Les deux bébés s'ignoraient royalement, excepté lorsque Alexios se mettait en tête de voler un jouet qu'Amir avait commencé à mettre à la bouche.

— Dis-moi, murmura Gaby à Angel pendant le repas, quelle est la coutume pour les mariages à Themos ? Y a-t-il une lune de miel ? Est-ce que nous allons quelque part après la cérémonie ?

— Oui, quelques jours à la montagne, dans la maison que mes grands-parents utilisaient lorsqu'ils avaient besoin de calme. À moins que tu ne préfères une option plus glamour. J'ai un yacht et des propriétés dans plusieurs grandes villes d'Europe, mais j'ai pensé que tu apprécierais la sérénité et la beauté de l'endroit. Alexios et Marina nous y rejoindront demain.

— Oh…

— Ne t'inquiète pas, tu pourras lui dire bonne nuit avant de partir, fit Angel, amusé.

En début de soirée, l'oncle d'Angel, le prince Timon, les encouragea à s'éclipser discrètement pendant que lui et sa femme portaient un toast aux invités. Angel lui serra la main et entraîna Gaby à sa suite dans l'escalier de service qui menait à la cour.

— Reste habillée comme ça, d'accord ? dit-il.

— J'avais l'intention de mettre des vêtements plus confortables, quand même.

— Impossible… Je veux t'enlever cette robe et ces saphirs moi-même.

— Je ne peux pas voyager dans cette robe, Angel ! Elle est beaucoup trop encombrante !

— Pour *une* fois, oublions d'être raisonnables, *hara mou*.

— Je ne suis pas toujours *raisonnable*, marmonna Gaby, piquée au vif.

Les yeux d'Angel étincelèrent d'amusement.

— Alors prouve-le.

Oh ! bien sûr, il savait qu'elle ne pouvait résister à ce ton de défi. Elle fit claquer sa langue, le menton haut, mais ne répliqua pas. Ils savaient tous les deux qu'elle avait perdu cette bataille-ci. Pendant qu'Angel allait chercher leur sac de voyage, elle grimpa dans la voiture en rassemblant le volume immaculé de ses jupons, la tiare toujours bien en place dans ses cheveux relevés.

Quand il réapparut, elle étouffa une exclamation révoltée. Il se glissa à la place du conducteur, seulement vêtu d'un jean et d'une chemise décontractée, déboutonnée jusqu'à la poitrine.

— Tu t'es changé ! s'écria-t-elle.

— Bien sûr, répondit-il avec un grand sourire. Je n'allais pas voyager dans mon costume, c'est si inconfortable.

— Angel !

— Oh ! pardon, tu espérais me retirer mon smoking pièce par pièce ? Non, laisse-moi deviner : tu voulais que je te fasse un strip-tease. Ne t'inquiète pas, Gabriella, je peux faire ça en jean. Mon *lap dance* n'en sera que plus souple.

Gaby se sentit rougir et lutta pour ne pas rire à sa plaisanterie. Angel était assez imbu de lui-même comme cela ; elle ne pouvait pas lui montrer qu'elle le trouvait drôle, pour couronner le tout !

— Désolée, nous avons des fantasmes très différents, déclara-t-elle en faisant la moue.

— Oh ? Tu veux me parler des tiens ?

— Certainement pas, tricheur.

En réalité, elle n'avait toujours pas décidé si elle souhaitait ou non partager son lit. Elle préférait peser le pour et le contre avant de faire un choix important, mais réfléchir logiquement en présence d'Angel lui était toujours difficile. Surtout lorsqu'il lui montrait le plaisir de la spontanéité…

— J'ai beaucoup aimé ton oncle, dit-elle.

— Le changement de sujet n'est pas très subtil, répliqua Angel en lui jetant un coup d'œil taquin. Mais oui, Timon est un homme bien. J'ai de la chance qu'il ait accepté la régence du royaume après la mort de mon père. Il avait sa propre vie à

New York, à l'époque, mais il l'a mise sur pause. Il n'a jamais convoité le trône et il me connaissait à peine. C'était un grand sacrifice pour lui, de revenir à Themos. Mais je ne m'en serais pas sorti sans lui, et il m'a appris beaucoup de choses. C'est un homme d'affaires avant d'être un politique, et c'est de lui que je tiens tout mon savoir économique.

— C'est vrai, tu avais seulement seize ans… Tu as dû être dévasté, murmura-t-elle. Je ne me suis jamais remise d'avoir perdu mes parents et mon frère. J'avais presque le même âge.

Angel lui sourit, sans trace d'espièglerie, cette fois. D'un geste intime et doux, il tendit la main pour caresser sa cuisse.

— Je sais. Je me souviens du soir où tu m'en as parlé. Je suis désolé que tu aies dû vivre une tragédie pareille.

Elle hocha la tête sans répondre ; sa gorge s'était nouée, et elle n'était pas certaine que sa voix ne tremblerait pas.

— La mort de mes parents a sans doute été plus tolérable pour moi, avoua Angel. Nous n'étions pas une famille soudée. Ils avaient leur vie, et j'avais la mienne. En dehors des séances de photos promotionnelles, je ne les voyais que très occasionnellement. Ils m'ont envoyé en pensionnat très tôt, de toute façon.

Gaby fronça les sourcils.

— Ils n'avaient pas l'air très investis…

— Ils ne l'étaient pas.

— Alors pourquoi avoir un enfant ?

— Ne sois pas naïve. Mon père avait besoin d'un héritier au trône. Après ma naissance, son devoir était fait. Mon éducation était le cadet de ses soucis.

— Et tu m'as dit que ta mère n'aimait pas vraiment les enfants ?

— En effet. Mais je ne suis pas certain que mon père l'aurait épousée si elle n'était pas tombée enceinte. Elle était la femme d'un monarque voisin. Leur liaison, une fois rendue publique, aurait nécessairement constitué un incident diplomatique. Je me demande si elle avait tout prévu dans les moindres détails…

Sa famille l'avait mariée à un homme aussi vieux que son père, et avant toute chose elle voulait partir. Quitter Alharia.

Il s'interrompit brusquement et secoua la tête.

— Je ne veux pas parler de tout ça, dit-il, amer.

— Angel, tu peux te confier si tu en as envie…

— Je sais que tu es curieuse, Gabriella. Alors sache une chose : il y a beaucoup de zones d'ombre dans mon passé et dans ma famille. Je doute que tu aimes creuser dans mon historique. Tu risques seulement d'être choquée.

Il avait retiré sa main et avait parlé d'un ton plus sec qu'à son habitude. Gaby retint un soupir. Elle avait voulu en savoir trop, trop vite. Il n'était pas prêt à partager tout cela avec elle. Peut-être y parviendrait-il un jour… Elle l'espérait. Un mariage était un partenariat, n'est-ce pas ? Elle voulait pouvoir le soutenir en toute connaissance de cause.

— Je ne suis pas prude, Angel, murmura-t-elle. Je ne vais pas juger les Diamandis pour quelques scandales. Je suis cartésienne, pas coincée.

— Tu étais vierge à vingt-quatre ans, riposta Angel. Va chercher un dictionnaire, et sous la définition de *prude* tu trouveras sûrement une photo de toi !

— Pardon ? Oh ! si tu n'étais pas en train de conduire, je t'en ficherais une !

Angel rit doucement et, d'une caresse douce comme de la soie, passa le pouce sur la courbe de sa pommette.

— Tu vois ? Tu ne prends pas assez de risques. Tu ne peux pas changer ta nature.

— J'espère que tu as tort sur ce point, rétorqua-t-elle en envoyant valser sa main, parce que je viens d'épouser un coureur de jupons, et ce n'est pas vraiment mon idéal, en termes de mari.

— Ce n'est pas ma *nature*. J'ai profité de ma liberté quand j'étais célibataire. Maintenant que je suis dans une phase différente de ma vie, je n'aurai aucun mal à respecter les règles de notre union.

— Belles résolutions, mais j'attends de te voir en pratique.

— Tu as vraiment une piètre opinion de moi, hm ? dit-il, pensif, en bifurquant sur un chemin escarpé grimpant à flanc de montagne sous l'arche épaisse d'une végétation luxuriante.

Le sentier se fit de plus en plus accidenté. Ils passèrent devant un lac brillant comme un miroir au cœur de la forêt. À travers les arbres, Gaby vit bientôt apparaître une haute bâtisse de pierre et de bois sur la rive opposée. La grande demeure ressemblait à s'y méprendre à une ferme toscane ; c'était rustique et pittoresque, à l'opposé de ce qu'elle avait imaginé pour leur destination.

— Depuis que mon grand-père est mort il y a cinquante ans, personne ne vient plus séjourner ici. Mes parents n'aimaient pas s'éloigner de la ville. Ils ont même envisagé de remplacer la maison par une construction plus contemporaine.

— Oh non, elle est si belle comme ça ! Regarde ces rosiers, ils sont sublimes…, s'exclama Gaby en sortant de la voiture pour aller voir les fleurs qui entouraient l'adorable véranda.

Alors qu'elle humait leur parfum, Angel se prit à l'observer, fasciné malgré lui. Gabriella aimait les roses, et cette information lui sembla étrangement précieuse. Dans sa robe scintillante, sous le soleil doux de la fin de journée, encore couronnée de ses joyaux enflammés, elle leva une main délicate pour frôler les pétales blancs des fleurs ouvertes. L'image l'atteignit en plein cœur. Son profil délicat, ses yeux si extraordinaires, la clarté de sa peau et le contraste de ses lourds cheveux de feu, tout chez elle était d'une perfection à couper le souffle ; et il se demanda si elle le toucherait un jour avec la même révérence que celle avec laquelle elle caressait ces roses.

Il retomba brusquement sur terre. Qu'est-ce qui lui prenait ? Il devait être *très* frustré, pour songer à des bêtises pareilles. Encore quelques jours sans la toucher, et il verrait des licornes dans le sous-bois !

Non, il devait garder le sens des réalités. Gabriella était très belle, elle était intelligente et amusante. Ils avaient une relation très différente de celles qu'il avait eues avec ses amantes habituelles. Mais elle l'exaspérait aussi souvent qu'elle l'impressionnait. Pourquoi la mettre ainsi sur un piédestal ?

Il secoua la tête, mais un éclair de culpabilité le traversa. Il regretta immédiatement la direction peu charitable qu'avaient prise ses pensées.

— Il y a une roseraie derrière la maison, dit-il doucement, et je pêchais dans le lac quand j'étais petit.

Il lui offrit le bras pour l'aider à marcher jusqu'au perron, puis lui tint la porte. Gaby s'engouffra dans l'entrée et leva les yeux sur le grand escalier rustique, les murs décorés de belles photos encadrées en noir et blanc, et sur la superbe cheminée de pierre et de brique.

— C'est vraiment charmant…

Une petite femme replète émergea d'une porte latérale qui devait mener à la cuisine et s'inclina en les voyant. Angel les présenta.

— Bonjour, Viola. Gabriella, Viola s'occupe de la maison. Son mari et ses fils prennent soin du vignoble et du jardin. Viola est une cuisinière hors pair, tu verras.

Après les salutations, ils montèrent à l'étage, où les attendait une chambre spacieuse au parquet ancien et au plafond rehaussé de poutres apparentes. Des rideaux blanc et vert pâle frissonnaient dans la brise. Derrière la baie vitrée, un grand balcon donnait sur une vue extraordinaire : le relief des bois alentour, la brillance du lac, les couleurs des champs vallonnés, et le pic des montagnes à l'horizon.

— Oh ! mon Dieu ! J'ai l'impression d'être au sommet du monde, murmura Gaby.

— Mes grands-parents ont découvert cet endroit par hasard. Mon grand-père adorait pêcher, ma grand-mère aimait le grand air. Ils ont acheté le domaine et rénové la ferme.

— Tu les as connus ?

— Non, ils étaient déjà âgés lorsqu'ils ont eu mon père.

Je le regrette. D'après ce qu'on m'a dit d'eux, mon grand-père était un homme plus stable que mon père ne l'a jamais été.

Gaby sursauta en sentant les bras d'Angel passer autour de sa taille. Elle aurait aimé rester sur ses gardes, mais, malgré elle, elle se détendit immédiatement lorsqu'il l'attira contre son torse solide, dans la chaleur de son étreinte. À son oreille, il murmura :

— Il y a plus de soixante boutons dans le dos de cette robe.

— Je sais, répondit-elle en souriant. Parfois, il faut faire un peu d'efforts pour obtenir ce que tu veux, monsieur le prince.

— Tu me connais… J'ai toujours préféré prendre des raccourcis, rétorqua-t-il en la soulevant dans ses bras pour la ramener dans la chambre.

Elle laissa échapper une exclamation rieuse.

— Je préfère un homme qui a le souci du détail, surtout lorsqu'il a insisté pour que je garde les soixante boutons bien fermés pendant tout le trajet.

— Très bien, princesse. À tes ordres, dit-il, taquin, en la déposant devant le lit avant de se mettre docilement au travail.

— Puis-je enlever mes chaussures, ou est-ce que mes pieds nus mettraient en péril ton fantasme ?

Angel rit et la fit tournoyer pour l'asseoir au bord du lit. Il s'agenouilla devant elle et souleva ses lourds jupons. Elle retira ses escarpins d'un petit coup de talon et poussa un soupir de soulagement. Angel saisit une de ses chevilles et massa l'arche douloureuse de son pied, lentement, doucement. Elle émit un murmure appréciateur et baissa les yeux sur lui, la peau hérissée de chair de poule.

Les yeux fauves d'Angel l'emprisonnèrent, et elle déglutit, la bouche sèche. Entre ses cuisses, un cœur brûlant pulsait déjà. Avait-elle vraiment cru qu'elle résisterait à son époux et parviendrait à faire chambre à part ? C'était impossible. Un regard suffisait à l'éveiller tout entière. Elle ne serait jamais repue de lui. Ses veines chantaient pour lui, sa peau brûlait de sentir de nouveau ses caresses…

— *Theos mou…* Je te veux, souffla Angel d'une voix rauque.

D'un mouvement vif et souple, il attrapa ses cuisses et l'attira au bord du matelas. Il captura sa bouche dans un baiser brûlant, affamé, si purement animal qu'elle en eut le vertige.

— Je veux faire ça depuis l'instant où tu es entrée dans la cathédrale, reprit-il, haletant. Tu es si magnifique… Je n'arrive pas à croire que tu es ma femme.

Le souffle court, les lèvres délicieusement meurtries par leur ferveur mutuelle, Gaby l'attira sur elle et l'embrassa de nouveau. Elle l'aimait tant : elle savourait chaque détail, le poids de son corps sur le sien, le relief de son désir contre son ventre, l'intrusion de sa langue experte entre ses lèvres. Elle frissonnait, elle respirait trop vite ; la caresse de sa main sur sa cuisse nue la fit trembler, et lorsqu'il trouva la lisière de sa culotte elle gémit doucement.

— Angel…, murmura-t-elle.

Mais Angel se contentait de la toucher à travers l'étoffe plutôt que de la déshabiller.

— Et le souci du détail, Gabriella ?

Il se redressa soudain et la releva à son tour pour reprendre le travail minutieux qu'exigeaient les boutons de nacre.

— Je veux te prouver ma minutie, susurra-t-il.

Elle eut à peine le temps de reprendre son souffle. Les doigts de son mari volaient dans son dos. Bientôt, le haut de la robe était ouvert, et Angel rabattit un carré d'étoffe pour poser la bouche sur sa nuque. Il continua patiemment son ouvrage. À chaque bouton, ses lèvres suivaient la courbe de son dos et embrassaient sa peau, délicates, tentatrices, intolérablement érotiques. Elle se sentait à l'étroit dans le bustier rigide ; son cœur rugissait à ses tempes, et ses seins étaient tendus contre l'étoffe de son corset.

Lorsqu'il atteignit le dernier bouton, très bas sur ses reins, il tira doucement sur les manches, et la robe tomba comme un soupir de soie autour de ses chevilles. La brise estivale courut sur la peau de Gaby et soulagea brièvement le brasier qui enflait sous sa chair. Angel posa les mains sur ses hanches pour la faire pivoter vers lui.

— Comment puis-je garder le contrôle de moi-même alors que tu as l'air tout droit sortie d'un rêve ?

Gaby lui sourit, amusée de voir les hautes pommettes aristocratiques se colorer d'une légère rougeur tandis qu'il observait son corset décoré d'un petit ruban bleu, sa culotte diaphane, son porte-jarretelles blanc et ses bas de soie.

L'admiration était évidente sur le visage d'Angel. La révélation de son désir frappa Gaby comme un éclair de pure adrénaline. Avec Angel, elle se sentait toujours si belle, si puissante.

— Tu n'as pas besoin de garder le contrôle, dit-elle en caressant sa joue.

— Je sais. Je ne me contrôlais pas non plus, la dernière fois.

Leur nuit à Alharia l'avait hantée pendant des mois, et son souvenir était toujours parfaitement limpide dans son esprit. Elle pouvait sans peine invoquer la passion torride et insatiable qui les avait possédés. Le besoin, la fièvre de leurs étreintes. Le lendemain, elle s'était réveillée endolorie, l'esprit effervescent, encore habitée par le tumulte de leur ivresse.

— Mais c'était extraordinaire.

Elle était embarrassée de l'avouer à voix haute, mais elle soutint néanmoins son regard. Il sourit à son tour, ses prunelles douces comme du miel.

— Pour moi aussi, admit-il.

Il s'agenouilla de nouveau devant elle et lui retira sa culotte. Elle se tendit sous ses doigts, sous son regard. Cette nuit-là, à Alharia, dans la pénombre, elle n'avait pas eu le temps de songer à sa pudeur. Mais aujourd'hui, à la lumière du jour, c'était très différent. Elle se sentait soudain timide. Son corps avait changé. Des vergetures pâles couraient sur ses hanches élargies par la grossesse. Son ventre s'était adouci, et la cicatrice de sa césarienne le marquait encore très distinctement.

Mais les mains puissantes d'Angel s'arrimèrent à ses cuisses et, lorsqu'il posa sa bouche sur elle, elle oublia toutes ses angoisses. La caresse de sa langue lui arracha un gémissement ; et là, debout dans le soleil déclinant, elle plongea les doigts dans ses cheveux épais et l'encouragea d'un murmure à continuer sa délicieuse torture. Alors qu'elle était à deux doigts de la jouissance, les jambes flageolantes, seulement soutenue par l'étreinte d'Angel, il recula brusquement et leva le visage vers elle, une flamme de pure malice dansant dans ses yeux d'or.

— Angel ! protesta-t-elle.

Il rit et se redressa pour la faire reculer jusqu'au lit.

— Je ne veux pas que tu jouisses avant que je sois en toi, *hara mou*, susurra-t-il en retirant son jean d'un mouvement preste.

Pendant une seconde, alors qu'Angel se dressait debout devant elle dans toute sa sublime nudité, le cœur et le souffle de Gaby se suspendirent. Elle avait l'impression d'être hors du monde, uniquement focalisée sur lui, sur le besoin qu'elle avait de le sentir contre elle, sur elle, en elle. Elle tendit la main vers lui ; il la rejoignit avec une ferveur égale à la sienne. Il la fit basculer sous lui et, sans pitié, plongea en elle d'un coup de reins puissant, brûlant, si divin qu'il lui arracha un cri de plaisir et de soulagement immédiat. Elle s'agrippa à ses épaules.

— Ne t'arrête pas ! ordonna-t-elle en le sentant hésiter.

Il rit doucement à son oreille et reprit la cadence. Gaby tremblait dans ses bras, haletante, chaque muscle, chaque nerf tendu de désir encore inassouvi, croissant et croissant encore tandis qu'il la pénétrait durement, de plus en plus vite. Enfin, alors qu'elle s'accrochait à sa nuque, le plaisir la submergea avec une intensité inouïe, et elle cria son nom avant de s'abandonner dans son étreinte.

Angel l'embrassa passionnément. Il s'occupa ensuite de défaire son corset et de retirer ses bas, lentement. La caresse de ses doigts sur sa peau sensible était d'une divine douceur. Elle retomba sur le lit et le laissa lui enlever sa tiare et ses bijoux.

— Tu as faim ? s'enquit-il.

— Mon Dieu, non !

Elle l'attira dans ses bras et étouffa un bâillement contre son épaule.

— Alors dors un peu, proposa-t-il.

— C'est notre nuit de noces…

— Et on a encore le temps d'en profiter. Je vais aller prendre une douche et ensuite je viendrai me coucher avec toi, murmura-t-il en embrassant sa tempe. La semaine a été longue.

9.

Gaby s'éveilla avec un soupir de pur bien-être. Dans la tiédeur dorée du soleil, elle s'étira lentement, l'esprit encore embrumé, le corps délicieusement endolori. La nuit avait été longue, entrecoupée d'étreintes fiévreuses. Une volupté béate l'habitait encore. Ce n'était que du sexe, bien sûr, et elle savait qu'Angel excellait dans ce domaine et que leur alchimie n'était pas la preuve d'un sentiment plus profond – en tout cas, pas du côté de son mari. Mais ce matin, après une nuit de plaisir et de complicité, il lui était difficile de s'accrocher à son scepticisme.

— Tu es réveillée, dit Angel, appuyé contre le chambranle de la porte.

Elle sursauta et se redressa contre les coussins.

— Quelle heure est-il ?

— Dix heures et demie. Nous sommes au lit depuis douze heures, remarqua-t-il avec un sourire insolemment taquin.

Gaby y répondit allègrement, frappée de nouveau par sa beauté. Il était là, son *mari*, seulement vêtu d'une chemise noire, encore ouverte, et d'un élégant chino. Dans la lumière estivale, la beauté sculpturale de son torse semblait soulignée d'or, seulement éclipsée par la splendeur de son visage si raffiné. Revenir sur terre et s'arracher à son regard fauve demandait une maîtrise d'elle-même qu'elle peina à invoquer.

— Alexios ? s'enquit-elle. Est-ce qu'il est arrivé ?

— Marina l'amène cet après-midi. Ne t'inquiète de rien. Viens avec moi, allons petit déjeuner. Comme nous n'avons pas dîné hier, Viola a préparé un véritable festin pour le brunch. Je t'attends sur la terrasse ?

Gaby hocha la tête et sortit du lit, un peu embarrassée de sa propre nudité, pour attraper sa valise encore close. Elle s'apprêtait à ranger ses vêtements dans le placard le plus proche, mais Angel l'arrêta.

— Gabriella, tu n'as pas besoin de défaire tes valises. Viola s'en chargera.

— Quoi ? Non, je peux m'en occuper moi-même.

— Nous avons des employés de maison. Tu n'as plus besoin de tout faire, désormais.

— Je n'aime pas me tourner les pouces, Angel.

Elle choisit une robe d'été et s'éclipsa dans la salle de bains, où elle se prépara très vite. Avant de rejoindre Angel, elle passa par la cuisine pour remercier Viola. Le visage de la vieille femme s'éclaira lorsque Gaby s'adressa à elle en italien. Elles bavardèrent un moment, puis Viola l'accompagna dehors. Lorsqu'elle ouvrit la baie vitrée, Gaby étouffa une exclamation d'admiration. Ce qu'Angel appelait une « terrasse » était en fait un sublime patio de marbre, entouré de colonnes en pierre. Une magnifique fresque décorait le mur extérieur de la maison. Le lieu était incroyable.

— Je vois que les goûts de tes grands-parents n'étaient pas aussi rustiques que le devant de leur maison le laissait présager ! lança-t-elle.

— Ma grand-mère aimait jardiner et peindre ici pendant que mon grand-père pêchait ou s'enfermait dans la bibliothèque.

— Et tu venais, toi aussi, quand tu étais petit ?

— Oui, Marina m'amenait ici pour que je puisse me dépenser. Je ne pouvais pas prendre l'air et courir dans tous les sens au palais. Je devais me comporter comme un adulte et un prince, là-bas, admit Angel en lui tirant une chaise pendant que Viola posait une multitude de plats fragrants sur la grande table.

— Tes parents ne venaient pas ?

— Non. Mais j'avais le droit d'inviter des camarades. J'ai convié des amis jusqu'à l'adolescence, mais…

Angel s'interrompit, le visage assombri, et s'assit à son tour. Gaby l'observa pendant qu'il regardait dans le lointain, visiblement pensif. Quels souvenirs l'agitaient ainsi ? Elle avait du mal à imaginer une enfance si étrange, sans parents, seulement encadrée par des domestiques qui se devaient à la fois de l'éduquer et de lui obéir.

Elle se servit un café et laissa à son tour voguer son regard sur le jardin, qui, comme la terrasse, était bien plus élaboré ici que devant la maison. Des gerbes de roses éclatantes couraient sur une fontaine centrale, et des lits de fleurs et d'herbes odorantes entouraient un charmant petit sentier pavé. Derrière une haie fleurie, elle remarqua le scintillement bleu d'une piscine ouverte.

— C'est très beau, ici, reprit-elle, pour éviter que l'humeur d'Angel s'assombrisse tout à fait.

Même s'il ne l'avait admis qu'à demi-mot, elle savait maintenant qu'il n'avait pas eu une enfance très heureuse. Ses parents avaient été absents, soit à cause de leurs responsabilités sur le trône de Themos, soit parce qu'ils n'avaient pas fait grand cas de leur devoir parental.

Mais sa réflexion ramena un sourire sur les lèvres de son mari. Ces derniers jours, Angel souriait beaucoup – bien plus que dans son souvenir. Elle aimait cette transformation. L'expressivité changeante de son visage lui allait bien mieux que le masque minutieusement contrôlé qu'il arborait d'habitude.

La conversation reprit, légère et anodine, agréable dans la tiédeur paresseuse du matin. Gaby mangea avec appétit en s'extasiant sur le choix et la richesse des plats qu'avait préparés Viola, pendant qu'Angel ne picorait que des fruits. Il admit finalement qu'il avait mangé à l'aube, car il était un incurable lève-tôt, même lorsqu'il avait peu dormi.

Après le brunch, Gaby s'installa dans un rocking-chair sous le patio et sirota son café en admirant rêveusement la vue.

Comme Angel s'installait près d'elle, elle prit son courage à deux mains et lui dit doucement :

— Il faut que je te parle de Cassia.

Angel grimaça derrière sa tasse. Il n'était pas surpris : Cassia était déjà hostile à Gabriella à l'université, et il avait peut-être été trop optimiste lorsqu'il avait pensé qu'elle serait parfaitement capable d'aider sa nouvelle épouse sans laisser ses opinions personnelles faire obstacle à son professionnalisme. Cassia connaissait tous les tenants et les aboutissants du rôle de consort ; elle aurait été une conseillère précieuse pour Gabriella, et une très bonne reine elle-même dans d'autres circonstances. Et pourtant il ne regrettait pas d'avoir épousé Gabriella plutôt que Cassia. C'était la personnalité de Gabriella, sa chaleur, son indépendance et sa passion qui l'attiraient. Même une reine consort parfaite ne pouvait remplacer une telle connexion.

— Le sujet va être un peu difficile, Angel.

— Pourquoi donc ? Je sais que Cassia ne s'attire que rarement la sympathie d'autrui, mais elle est extraordinaire en tant que conseillère. Elle connaît tout de la vie du palais.

Gaby poussa un soupir. Il était inutile de passer par quatre chemins. Elle se tourna vers lui et le regarda bien en face.

— Tu envisageais de l'épouser ?

Angel se raidit.

— J'aimerais te dire que non, mais ce serait mentir. Je considérais effectivement Cassia comme la meilleure candidate pour un mariage de circonstance. Je n'avais pas l'intention d'être investi émotionnellement dans ma relation avec mon épouse. Je n'ai pas de sentiments pour elle, et elle ne m'attire pas particulièrement, mais je respecte son intellect et j'ai toujours pensé qu'elle ferait une bonne reine. Mais ensuite j'ai recroisé ton chemin…

— Et je suis tombée enceinte d'Alexios, termina Gaby, troublée par cet aveu.

Elle aurait préféré que Cassia ait aussi menti sur ce point. Cassia avait bel et bien été en lice pour le trône !

— Cela ne veut rien dire, Gabriella, continua Angel comme s'il avait deviné son malaise. Ce n'était qu'une théorie, et je l'ai gardée pour moi. Je ne lui en ai même pas parlé. Nous n'avons jamais été que des amis, d'autant plus maintenant qu'elle est mon employée.

— Vraiment ? Tu n'as jamais eu de liaison avec Cassia ?

Angel fronça les sourcils.

— Non, bien sûr que non. Que se passe-t-il, Gabriella ? J'ai l'impression d'être au tribunal. Si tu as quelque chose à me dire, je préfère que tu sois directe.

— Rien… rien de tout cela n'est ta faute, mais j'avais besoin de ta perspective pour mieux juger de la situation. Elle… Hier, juste avant la cérémonie, elle a insisté pour me parler seule à seule. Elle m'a dit que vous étiez amants depuis longtemps et que votre liaison continuerait malgré notre mariage…

Les yeux d'Angel étincelèrent, durs comme le jaspe. Il se leva d'un bond.

— Non. C'est faux. Cassia est une amie. Une vieille amie. Tu es sûre de l'avoir bien comprise ?

Gaby cligna des yeux, surprise par son déni immédiat. Elle posa la tasse et s'efforça de garder son calme.

— Oui, il n'y a aucun doute. C'est ce qu'elle m'a dit, mot pour mot. Je suis navrée, peut-être que tu ne veux pas l'entendre, mais je ne mentirais jamais sur un sujet pareil.

— Je n'ai pas dit que tu mentais, rétorqua Angel. Mais, d'expérience, je sais que les femmes ont tendance à se calomnier les unes les autres.

Gaby grimaça et inspira profondément. Il lui fallait garder la tête froide. Une répartie bien sentie n'aurait fait qu'envenimer la situation. Si elle voulait que cette conversation mène à quelque chose, elle devait invoquer toute sa patience.

— Je n'apprécie pas les clichés sexistes, Angel, et je ne pense pas qu'ils soient mérités.

Il haussa les épaules, agacé.

— Si tu me disais que tu n'aimes pas Cassia, je le comprendrais, Gabriella. Je peux même accepter que tu refuses de travailler avec elle. Mais je connais Cassia depuis mon enfance. Elle a toujours été d'une honnêteté irréprochable.

— Et donc tu en conclus que je suis une menteuse, énonça Gaby, les dents serrées.

— Je préfère me retirer de cette conversation avant que l'un d'entre nous dise quelque chose qu'il regretterait ensuite, rétorqua Angel avec un haussement d'épaules insupportablement condescendant. Mais sache que je suis vraiment déçu de toi, Gabriella.

— Pas aussi déçu que je le suis de *toi*, Angel, siffla-t-elle alors qu'il tournait les talons.

Pendant un instant, elle resta à sa place dans le fauteuil, le cœur battant et l'esprit tumultueux. Dans sa révolte, cependant, elle avait oublié un élément clé. Elle se leva d'un bond et courut à sa suite.

— Angel !

Il se tourna vers elle, son visage arrogant assombri par la vexation. Il la fixait comme si elle était incroyablement culottée d'oser le poursuivre après qu'il avait pris congé d'elle ! Elle soutint son regard sans flancher et lui tendit son téléphone.

— Écoute ça, tu veux ?

Il se figea devant la porte vitrée, la mâchoire crispée. Il se faisait visiblement violence pour contrôler sa colère. Tant mieux : elle aussi, et elle savait qu'elle était dans son droit !

— Écouter quoi ?

— C'est un enregistrement de ma conversation avec Cassia. Laurie a laissé son téléphone dans la pièce quand Cassia a demandé à me parler. Elle ne lui faisait pas confiance, alors…

— C'est d'une vulgarité sans nom, coupa Angel avec un dégoût évident.

— Tu sais ce qui est vulgaire ? La façon dont tu refuses d'écouter ce que j'ai à te dire ! Je me fiche de ce que tu penses, je suis bien contente que Laurie ait eu la présence d'esprit de nous enregistrer. Sinon je n'aurais aucune preuve à te donner et je devrais continuer à vivre avec un type qui ne croit pas un mot de ce que je lui raconte ! Quand vas-tu apprendre ta leçon, Angel ?

Elle lui laissa le téléphone dans les mains et fit volte-face, tremblante de rage.

— Gabriella…, lâcha-t-il dans son dos.

Mais c'en était trop. Elle ne lui accorda pas un regard.

— J'ai dit tout ce que j'avais à dire, Angel. Va prendre l'air. Reviens quand tu auras écouté Cassia et que tu seras prêt à avoir une vraie conversation.

Elle attendit d'entendre la baie vitrée claquer et trembler sur ses gonds avant de soupirer. Elle tremblait comme une feuille. Elle reprit sa tasse, mais le café était froid. Viola apparut comme par magie pour ranger la table et la resservir. Dans le lourd silence, sa voix douce s'éleva soudain.

— C'était un petit garçon très malheureux, vous savez.

Gaby leva les yeux vers elle avec un sursaut. Viola lui sourit et continua dans son italien chantant :

— Sa mère ne s'est jamais occupée de lui. Et elle était très colérique ! Très passionnée !

Gaby sourit et serra la tasse brûlante entre ses mains.

— Oui, je peux l'imaginer…

Viola la laissa seule avec ses méditations. Bien sûr, elle comprenait ; elle comprenait qu'Angel avait été blessé par l'indifférence de sa mère et que cette blessure l'avait suivi pendant toutes ces années. Sa position à Themos avait sans doute exacerbé le sentiment de sa propre solitude. Était-ce pour cela qu'il avait tant de difficultés à faire confiance aux femmes ? À croire à l'honnêteté et à l'amour, sans arrière-pensée, sans stratagème ?

C'était compréhensible, mais ce n'était pas une excuse. Elle lui avait prouvé encore et encore qu'elle était digne de confiance. Angel était un homme intelligent ; il était capable de faire la part des choses, capable de se rendre compte que ses généralités étaient inadmissibles. Il venait de l'épouser, pour l'amour du ciel ! Et il n'avait aucune confiance en elle, pas plus qu'en quiconque – à part peut-être en Cassia, sous prétexte qu'il la connaissait depuis longtemps. Et, lorsqu'il écouterait l'enregistrement, il n'y verrait qu'une preuve de plus que même ses compagnons les plus proches ne valaient pas sa loyauté.

Quant à elle-même… Angel et elle étaient mariés. Ils avaient un enfant. Mais Angel n'avait aucune foi en elle. Rien n'avait changé depuis cette première querelle, à l'université, lorsqu'ils s'étaient déchirés à propos du contrat de confidentialité. Et cette révélation la blessait profondément.

Angel avait besoin d'air. Il avait pris la voiture et conduit jusqu'au sommet de la montagne, les phalanges blanches de tension sur le volant. Il était fou de rage. Il s'était bercé d'illusions. Il avait cru que Gabriella était digne de son respect, digne de confiance, trop franche pour calomnier une employée qu'elle n'appréciait pas, trop honorable pour utiliser son nouveau pouvoir contre quelqu'un qui n'avait pas l'opportunité de se défendre sous les coups d'une reine.

Mais, après tout, était-il vraiment surpris ? La vie lui avait appris que tout le monde finissait toujours par décevoir ses attentes.

Il sortit de la voiture, téléphone en main, et claqua la portière en ignorant ses gardes du corps qui l'avaient suivi dans leur véhicule et se répandaient maintenant à travers le parking pour surveiller les environs. Il n'était jamais seul ; et pourtant, dès son adolescence, il avait compris qu'il ne pourrait jamais compter que sur lui-même.

Sous son doigt impatient, l'enregistrement se mit en marche. Les voix s'élevèrent. Il écouta la conversation se dérouler, et Gaby se défendre.

Il ferma les yeux et retint un juron.

Elle avait dit la vérité, rien que la vérité. Une vérité hideuse et qu'il ne voulait pas entendre, mais la vérité néanmoins. Il tourna les talons et grimpa dans la voiture pour retourner à la maison de ses grands-parents.

Une fois arrivé, il s'enferma dans la bibliothèque de son grand-père. Une boule de honte lui nouait l'estomac. Il voulait rester dans la chaleur familière de la solitude. Il se versa un verre de whisky et l'avala d'une traite, mais la liqueur ne parvint pas à effacer le souvenir du visage de Gabriella, pâle comme un linge, ses yeux étincelant comme les saphirs qu'elle avait portés la veille. Il inspira profondément.

Il avait fait une erreur. Il avait fait une grave erreur.

C'était incroyable ! Tout partait toujours en vrille lorsqu'il était avec elle. Lui qui était un si fin stratège, il enchaînait les fausses manœuvres en sa présence. Et pourquoi donc ?

Il secoua la tête. C'était si simple… Parce que, avec elle, la stratégie n'avait pas lieu d'être. Avec elle, il était ouvert et honnête. Vulnérable. Par conséquent, il passait son temps à attendre que le couperet tombe et le blesse à nouveau. Il avait évité toute liaison de longue durée pour cette raison précise. Son enfance l'avait marqué de la pire façon qui soit. Il avait regardé sa mère évoluer dans la vie avec froideur et indifférence, uniquement focalisée sur son propre pouvoir et sa propre beauté. Il en avait tiré de terribles conclusions.

Et il ne voulait pas avoir la même vie qu'elle. Il ne voulait pas refuser de faire confiance à ceux qui lui offraient leur affection et leur sincérité. Quel genre de modèle ferait-il pour Alexios ? Non. Angel souhaitait être le père et le mari que son fils et sa femme méritaient, et pour cela il allait devoir baisser les armes.

Gaby n'avait pas faim, mais elle s'était tout de même remise à table en début d'après-midi pour faire plaisir à Viola. Elle sirotait un excellent vin, l'esprit morose. Son verre à la main, elle descendit sur le petit sentier et partit à la découverte du jardin, le visage caressé par le soleil. Elle s'installa bientôt sur un banc de pierre ombragé par une haie de roses.

Elle l'entendit arriver de loin et se raidit. Il apparut bientôt, venu d'un chemin annexe.

— J'ai quelque chose à te dire.

— Tu ne crois pas que nous avons assez discuté pour aujourd'hui ? répliqua-t-elle en étudiant minutieusement une fleur tombante plutôt que de le regarder en face.

— S'il te plaît, Gabriella…

Il s'était planté devant elle, le visage incliné. Elle leva les yeux. *S'il te plaît* était une expression qu'Angel employait rarement.

— Angel, ce n'est pas à moi de t'apprendre que tes préjugés contre les femmes sont consternants.

— J'ai mes raisons…

— Même une bonne raison ne justifierait pas ton comportement.

— Écoute… J'ai gardé mes secrets pour moi trop longtemps. Je veux te faire comprendre, affirma-t-il en s'accroupissant devant le banc pour attraper sa main.

Elle la lui retira d'un mouvement sec, et il poussa un soupir.

— Je n'ai jamais eu de relation sérieuse, reprit-il. Je n'ai pas beaucoup d'expérience dans ce domaine et je sais que je fais beaucoup d'erreurs…

— Tu as été avec plus de femmes que Casanova ! s'exclama Gaby, troublée de le voir s'incliner devant elle et professer humblement son ignorance, un comportement inédit de la part du prince Angel Diamandis.

— C'étaient des aventures, pas des relations.

Elle secoua la tête, mais la douceur de son regard fauve et la sincérité de sa voix eurent raison de sa colère. Elle se releva et l'accompagna jusqu'à la maison. Il la mena dans la bibliothèque dont elle avait entendu parler, mais qu'elle n'avait toujours pas vue. La pièce était absolument magnifique, et tout aussi inattendue que la terrasse : dotée d'une galerie en duplex accessible par un charmant escalier en spirale, elle était couverte du sol au plafond de livres précieux rangés sur leurs étagères en bois sculpté. Les sofas et les fauteuils semblaient décadents de confort ; un large bureau ancien complétait la décoration. Le bois sombre et les lampes mosaïque conféraient à l'ensemble un charme victorien, très différent du reste de la maison. Elle ne les connaîtrait jamais, mais elle avait l'impression de pouvoir comprendre et apprécier les grands-parents d'Angel : ils avaient fait de cette maison leur refuge, loin du palais d'Aikaterina, un havre privé où leurs intérêts et leurs sensibilités étaient libres de cohabiter en harmonie, à l'abri des regards extérieurs.

— C'est très confortable ici, dit-elle en se laissant tomber dans un opulent canapé de velours vert et rayé.

Mais Angel avait de toute évidence l'esprit ailleurs. Il faisait déjà les cent pas. Finalement, il lança :

— Tu le sais, j'ai du mal à faire confiance aux autres.

Il se tourna vers elle, tendu comme un arc.

— C'est le cas depuis mon enfance. Ma mère ne s'est jamais préoccupée de moi. Mais je crois que j'ai réellement commencé à me cacher derrière mon cynisme à l'adolescence, quand j'avais quinze ans…

Il secoua la tête. Gaby ne voulait pas l'interrompre, mais elle ne put s'empêcher d'exprimer sa sympathie, dans l'espoir d'apaiser son tourment.

— Angel, je suis désolée…

— Je n'en ai jamais parlé à personne, mais je veux t'en parler à toi. Je cherche juste… les mots adéquats.

Gaby hocha la tête. Le silence pesait sur la pièce comme une chape de plomb. Finalement, Angel reprit :

— J'ai invité mon meilleur ami à venir au palais pour l'été, et elle l'a… Elle l'a séduit…

— Quoi ? Quel âge avait-il ? s'exclama Gaby, choquée.

— Quinze ans, lui aussi. Je les ai trouvés au lit ensemble, et lorsque je lui ai reproché son comportement elle s'est contentée de me dire que mon ami était très beau, alors pourquoi pas ? Elle n'avait aucun regret, aucune honte. Elle n'était même pas consciente de l'horreur de son acte.

Gaby s'était couvert la bouche d'une main. Elle ne savait pas quoi dire. Cet aveu était trop choquant pour qu'elle ose proférer une remarque anodine.

— Je n'en ai pas parlé à Saif. Promets-moi que tu garderas le secret. Il n'a jamais rencontré notre mère, et je ne veux pas le faire souffrir plus que de raison.

— Bien sûr, bien sûr. Je n'en parlerai à personne, murmura Gaby.

Angel s'assit dans un fauteuil et repoussa ses cheveux d'un geste fébrile.

— Après cela, la première femme avec qui j'ai fait l'amour a vendu notre aventure au plus offrant, un magazine à scandale mondialement prisé. Plusieurs autres femmes ont fait la même chose dans les années qui ont suivi. J'ai donc décidé de me protéger avec des contrats de confidentialité, et mon équipe légale a encouragé ma démarche. Le règne de mes parents a été souillé par les rumeurs les plus sordides. Toutes n'étaient pas fausses, mais je veux représenter Themos différemment, maintenant. Ni mon royaume ni la réputation de ma famille ne méritent d'être traînés dans la boue.

Un petit coup discret retentit à la porte. Gaby s'attendait à ce qu'Angel congédie Viola sèchement, mais il lui ouvrit poliment, lui prit le plateau pour la soulager et la remercia avec chaleur. Il posa le repas sur le bureau et revint s'asseoir.

— Elle sait que j'ai sauté le déjeuner, mais elle veut quand même me nourrir, dit-il en souriant.

— Elle t'aime beaucoup.

— Oui... Les domestiques qui travaillent depuis longtemps pour les Diamandis m'ont élevé. Ce sont tous mes parents, puisque les miens n'ont pas voulu l'être. Je leur suis très reconnaissant d'avoir été là pour moi et je les aime de tout mon cœur. Ce qu'ils m'ont donné va bien au-delà de l'éthique professionnelle.

Gaby hocha la tête, se leva pour servir deux tasses de café et lui mettre un sandwich dans les mains.

— Alors fais plaisir à Viola et mange, ordonna-t-elle.

Il leva ses beaux yeux vers elle et lui sourit.

— Non, non, dit-elle. Je ne t'ai pas pardonné ton comportement. Mais je veux bien écouter tes explications. Je comprends un peu mieux certaines de tes réactions. Mais il faut que tu acceptes une chose : toutes les femmes ne doivent pas être jugées de la même façon sous prétexte que quelques-unes t'ont fait du mal, et je n'ai pas l'intention de payer pour la malhonnêteté des autres.

— Je sais. J'avais tort.

— Tort ? répéta Gaby.

— Oui. J'ai passé mon temps à t'accuser, à te blesser, à me méfier de toi, alors que tu m'as prouvé sans arrêt que tu étais entièrement digne de ma confiance. J'ai été injuste et immature. J'aurais dû apprendre ma leçon dès l'université, mais j'ai fait la même erreur encore et encore.

Gaby soutint son regard et hocha la tête.

— Tu vois ? Je suis un peu long à la détente, mais je finis par comprendre, railla-t-il avec autodérision. Je peux changer. Ma perspective a déjà changé. Et c'est grâce à toi.

— Et Cassia ?

Angel mordit dans le sandwich et resta un moment silencieux, pensif.

— Je vais la congédier. J'ai été choqué par votre conversation. C'est une bonne chose que Laurie l'ait enregistrée, tu avais raison. Je n'aurais jamais imaginé que Cassia puisse mentir de cette façon. J'avais toute confiance en elle, en tant qu'employée du palais, mais…

Il secoua la tête.

— Je suis désolé de t'avoir donné l'impression que j'avais

foi en elle plus que je n'avais foi en toi. Ce n'est pas le cas. J'avais simplement besoin de temps pour réfléchir.

Gaby haussa un sourcil amusé.

— Bien sûr… Et l'enregistrement t'a aidé à « réfléchir », hm ? ironisa-t-elle.

Il marmonna quelque chose derrière sa tasse de café, les pommettes colorées d'embarras, et elle rit doucement. Oui, Angel faisait des erreurs, mais il était bien plus émotionnellement intelligent et mature qu'elle n'avait d'abord voulu l'admettre. Il avait été blessé et marqué par l'indifférence de ses parents, puis par des amantes qu'il avait choisies par ennui plus que par affinité. Mais il était capable de laisser ses idées préconçues derrière lui, elle en était certaine.

— Ce que je regrette le plus, c'est la façon dont je t'ai traitée quand tu es venue m'annoncer ta grossesse, à l'hôtel, confia-t-il soudain. Cette erreur nous a coûté beaucoup à tous les deux, et c'est entièrement ma faute. Dans les semaines qui ont suivi, j'ai fini par accepter le fait que j'avais réagi irrationnellement, mais me savoir en tort m'a braqué davantage. J'aurais dû te recontacter immédiatement… Et j'ai été stupide.

— Je comprends pourquoi tu as réagi de cette façon, murmura Gaby. Mais je n'ai pas insisté, car je pensais que tu ne voulais pas d'enfants de toute façon.

— Tu t'es trompée sur ce point, riposta-t-il avec un sourire assuré. Et j'ai commencé à te chercher à peine une semaine après que tu es venue me voir. J'étais tellement en colère contre toi. Je ne sais toujours pas *pourquoi,* d'ailleurs.

— Parce que tu as pris ma disparition comme un défi ?

— Non…

Il se pencha vers elle et prit sa main dans la sienne.

— Gabriella… Pouvons-nous recommencer à zéro ?

— Un nouveau départ ? Oui, je pense que ce serait une très bonne chose.

Une émotion puissante montait en elle et faisait trembler sa voix. Elle l'aimait, elle l'avait toujours aimé et elle l'aimerait toujours. Plus il se confiait, et mieux elle comprenait pourquoi elle était amoureuse de lui. Il avait ses défauts, bien sûr, tout comme elle, mais il était prêt à apprendre de ses faux pas. Prêt à changer. Prêt à évoluer. C'était une facette de lui qu'elle admirait profondément. Elle ne pouvait pas le lui avouer, pas alors qu'il avait décrété ne jamais avoir désiré de connexion émotionnelle avec une femme… Mais elle pouvait du moins chérir ce nouvel équilibre.

— Puis-je t'embrasser… ? murmura Angel en entrelaçant les doigts aux siens, les yeux rivés sur son visage.

Gaby serra sa main à son tour.

— Tu es vraiment un beau parleur, tu sais ? Il y a quelques heures, j'étais prête à prendre mes jambes à mon cou ou à te pousser d'une falaise, mais maintenant… J'ai très envie que tu m'embrasses, oui.

Angel rit, et une flamme d'amusement insolent dansa dans ses prunelles de miel.

— Je vais être honnête. J'ai envie de faire bien plus que t'embrasser.

— Quelle surprise ! dit Gaby en glissant les bras autour de sa nuque.

Angel l'attrapa par les fesses et, alors qu'elle lâchait une exclamation de surprise, se releva d'un mouvement souple. En une seconde, il avait atteint l'escalier en colimaçon.

— La mezzanine mène directement à l'étage, susurra-t-il avec un clin d'œil.

10.

Presque deux semaines plus tard, alors qu'ils paressaient au lit, Gaby revint sur le sujet qui la taraudait depuis des mois.

— Dis-moi, fit-elle, la tête posée sur la poitrine solide et hâlée d'Angel, pourquoi tu n'as jamais eu de relation sérieuse avec une femme ? Quand tu en parles, on dirait toujours que c'est une philosophie de vie.

— En quelque sorte. J'ai trop longtemps vu mon père rabaissé par son amour pour ma mère. C'était un homme assez faible, et je pense qu'il l'aimait vraiment, mais leur relation ne les a pas rendus plus forts ni plus stables. Ils se sont ruinés l'un l'autre.

Angel déposa un baiser sur son front et resserra son étreinte autour d'elle.

— On m'a dit, plus tard, qu'il a sombré dans la débauche pour laquelle il était célèbre lorsqu'il a compris que sa femme ne lui serait jamais fidèle.

— Mais tu n'es pas ton père, Angel, assura Gaby en laissant glisser sa main plus bas, le long de son abdomen musclé, enchantée d'entendre son souffle trébucher. Alors pourquoi ne pourrais-tu pas avoir une relation profonde ? Une vraie connexion émotionnelle ?

— Sans doute parce que je suis trop occupé à gérer ma connexion sexuelle ! répondit-il en riant, la voix un peu rugueuse, avant de rouler sur elle en attrapant sa main d'un geste vif comme l'éclair.

Gaby pouffa avec lui et plongea les mains dans ses cheveux

sombres pour lui rendre son baiser. Les heures passaient si vite, ici, remplies de promenades et d'activités, de rires avec Alexios, de nuits de passion et d'un bonheur sans limites. Angel leur avait fait visiter son pays. Ils avaient pris le bateau, admiré la côte et exploré ses plages secrètes. Ils s'étaient installés dans une crique, et elle avait regardé Angel et Alexios construire leur premier château de sable avant de l'écraser à grands coups de bras en riant tous les trois. Ils avaient dîné dans un bar huppé où tous les clients les avaient observés discrètement. Dieu merci, on les avait laissés en paix, et l'équipe de sécurité s'était assurée que personne ne prenne de photo ; mais Gaby avait réalisé à ce moment-là qu'Angel ne pouvait sortir à Themos sans qu'on le reconnaisse et que la maison dans les montagnes était un refuge inestimable. Ils avaient passé le week-end précédent sur son yacht, avec Marina. Elle avait nagé et fait de la plongée, puis ils étaient sortis le soir dans la célèbre discothèque d'un hôtel prestigieux. Les jours s'étaient enchaînés, pleins de danse, de baisers, de sexe et de rires, et elle ne pouvait plus imaginer une vie sans lui.

Gaby n'avait jamais été aussi heureuse. Elle voulait simplement savoir si un jour elle pourrait confier ses sentiments à Angel sans peur d'être durement rejetée.

— Mais je sais à quoi tu joues, *hara mou*, murmura Angel contre ses lèvres avant de capturer sa bouche dans un baiser fiévreux.

Il se redressa au-dessus d'elle, ses boucles sombres en pagaille, les yeux brillants.

— Bien sûr que j'ai une « connexion émotionnelle » avec toi. C'est ce que tu veux savoir, non ?

Gaby se sentit rougir jusqu'à la racine des cheveux.

— Tu… Tu es sincère ?

— Évidemment ! Tu es ma femme, nous avons un enfant ensemble. Je crois que nous ne pouvons pas faire relation plus sérieuse, si ?

Même à cet instant, il continuait de se moquer d'elle, et elle était tentée de lui envoyer un coup de coude juste pour effacer le rictus impudent qui éclairait son beau visage. Balayer ce sujet d'une plaisanterie ne suffisait pas ; elle voulait savoir ce qu'il pensait, ce qu'il ressentait… Mais ce serait un miracle si Angel en arrivait à de telles confessions.

— Tu sais, j'étais vraiment fou de rage quand tu m'as accusé de te tromper, à l'université.

Gaby retomba sur les coussins avec un soupir.

— Je sais. Et c'était stupide. Nous avions rompu, et notre relation n'était pas officielle, de toute façon. J'étais simplement bouleversée et je me suis vengée comme j'ai pu. Qui était-ce ?

— Une ex. Et nous n'avons rien fait d'autre que nous embrasser, ce soir-là. Je voulais te blesser, admit Angel. Nous étions jeunes tous les deux et immatures chacun à notre façon. Tu n'avais que dix-neuf ans, et même si je n'ai que quelques années de plus que toi j'étais bien plus expérimenté en matière de sexe. En comparaison, tu étais encore un bébé. Cela dit, tu étais bien plus mature que moi émotionnellement. Nous nous sommes télescopés au lieu de nous comprendre.

Gaby le contempla un moment et caressa sa joue.

— Parfois, tu me surprends.

— En bien, j'espère.

— Évidemment, en bien ! répondit-elle en souriant.

— J'adore être apprécié à ma juste valeur, susurra-t-il en refermant les bras sur elle pour l'attirer contre lui. Tu penses que tu m'apprécierais assez pour avoir un autre enfant avec moi ?

Gaby se figea dans son étreinte, les yeux écarquillés.

— Vraiment ?

— J'ai manqué tant de choses, la première fois.

— Et c'est entièrement ta faute, riposta Gaby, impitoyable. C'est trop tôt pour moi, mais l'année prochaine… Peut-être.

Elle sauvait la face avec un peu de répartie, mais la question l'avait complètement prise de court. Elle avait du mal à croire qu'il puisse vouloir un autre bébé avec elle ; et elle-même, se sentait-elle capable d'agrandir leur famille alors qu'elle ne pouvait exiger de lui un amour indéfectible ? Angel souhaitait un mariage solide, c'était clair. Il y travaillait dur ; il lui avait confié des secrets sombres, il lui avait offert sa confiance. Mais elle ne pouvait se mentir à elle-même : elle voulait qu'il l'aime, qu'il l'aime *vraiment*, qu'il l'aime pour elle-même et non pas uniquement comme la mère de ses enfants.

En était-il capable ? Pouvait-il se montrer aussi vulnérable avec elle et risquer la souffrance contre laquelle il s'était protégé toute sa vie, après avoir vu sa mère et son père se déchirer en public et en privé ?

Il avait honte de sa famille. Son dégoût était palpable, ses regrets le hantaient toujours. Avant qu'Angel lui parle de son enfance, elle n'avait pas compris combien elle avait été chanceuse d'avoir une famille unie et des parents aimants, pendant les quatorze premières années de sa vie.

Quelque part dans la chambre, le téléphone portable d'Angel se mit à sonner. Il esquissa une grimace, mais elle embrassa sa joue et se redressa à son tour.

— Il faut que j'aille donner son bain à Alexios, de toute façon. Réponds. Rejoins-nous après.

Il hocha la tête et sauta hors du lit pour aller décrocher. Elle passa ses vêtements et sortait de la chambre lorsqu'elle entendit la voix d'Angel se faire plus froide, plus sèche. Y avait-il un problème au palais ? Angel était rentré à Aikaterina plusieurs fois pour remplir ses obligations. Elle avait proposé de l'accompagner, mais il avait refusé. Selon lui, elle aurait bientôt son propre planning et des responsabilités à ne plus savoir qu'en faire ; elle pouvait profiter de sa lune de miel en paix.

— Le Conseil de la Couronne exige que notre couronnement soit organisé dans les trois mois qui suivent notre mariage. Nous allons être très occupés, à notre retour. Et je ne veux pas qu'Alexios n'ait plus le temps de te voir.

Angel était un bon père. Il avait appris de son enfance et voulait être certain qu'Alexios ne vivrait pas dans le même désert affectif, laissé constamment en arrière, à la charge des domestiques. Gaby appréciait le soin qu'Angel voulait donner à l'éducation d'Alexios, mais, ironiquement, elle y voyait aussi la marque du fossé qui la séparait de lui. Il avait insisté pour l'épouser *justement* parce qu'il n'avait jamais connu l'amour de sa mère. Il souhaitait épargner cette blessure à son fils. Pour Alexios, il avait demandé Gaby en mariage. Pour Alexios, il resterait son époux, quoi qu'il arrive. Pour Alexios, il avait assuré la chaleur d'un foyer uni. Peut-être était-ce aussi cet idéal qui l'avait amené à vouloir un autre enfant : il voyait Gaby comme une mère avant tout.

En compagnie de Marina, Gaby donna son bain à Alexios et l'emmitoufla dans son petit pyjama, prêt pour le dîner. Quand elle retourna dans la chambre, elle découvrit avec surprise que Viola rangeait leurs affaires, alors qu'ils n'avaient prévu de retourner au palais que deux jours plus tard. Elle redescendit aussitôt.

Angel était toujours au téléphone. Il y avait donc bel et bien une urgence. Elle se servit un café et alla l'attendre sur la terrasse.

— Que se passe-t-il ? s'enquit-elle lorsqu'il apparut à son tour, le visage sombre.

— Je t'en parlerai sur le chemin du retour. Il faut que nous rentrions ce soir.

Vingt minutes plus tard, ils étaient dans la voiture, en route pour Aikaterina. Angel tenait le volant d'une poigne de fer, la mâchoire crispée. Quand il prit la parole, sa voix était dure comme la pierre.

— Cassia est en garde à vue.

— Quoi ? Mais pourquoi donc ?

— Le serveur en charge de votre table au restaurant a disparu le lendemain de l'incident, et lorsque la police l'a enfin retrouvé il a avoué qu'on l'avait payé pour qu'il glisse une pilule dans ta flûte de champagne. Son compte en banque affiche effectivement un versement exorbitant. Le virement a mené la police tout droit à Cassia.

— Mais pourquoi a-t-elle fait une chose pareille ?

— Elle dit qu'elle ne te voulait pas vraiment de mal ; elle voulait simplement que tu te donnes en spectacle et que le public te prenne pour une ivrogne. Tu m'aurais embarrassé devant mon peuple, et cela aurait peut-être changé la donne…

— Mon Dieu ! Et elle pensait que cela suffirait à te faire oublier ton fils ?

Angel secoua la tête.

— Je sais, c'est une idée folle. Quoi qu'il en soit, il faut que je décide comment gérer cette situation sans jeter le chaos parmi le reste de mes employés. J'ai besoin de réfléchir. Tant que je n'ai pas pris de décision, je ne veux pas en discuter plus avant, Gabriella.

Et sur cette conclusion abrupte il retomba dans un silence austère. Gaby devait l'admettre : être mise à l'écart du processus d'une façon si déterminée la piquait au vif. Elle était tout de même la victime de Cassia, et Angel ne lui avait-il pas dit que ce mariage serait un partenariat et qu'elle aurait, elle aussi, ses propres responsabilités ? Pourquoi insistait-il pour la garder à l'écart, alors même qu'il lui avait promis de mettre à bas ses défenses pour le bien de leur union ? Ces dernières semaines, elle avait cru que leurs problèmes de communication s'étaient envolés ; qu'ils avaient enfin trouvé un terrain d'entente. Mais, maintenant qu'Angel faisait face au monde extérieur et à ses complications, il retombait dans ses travers.

Et, si elle était choquée et en colère contre Cassia, une petite part d'elle-même la plaignait. N'avait-elle pas, elle aussi, envoyé valser sa prudence et sa logique pour les beaux yeux d'Angel ? Elle comprenait mieux que quiconque son magnétisme. Elle avait tout fait, dès l'université, pour garder son attention. Et, des années plus tard, elle était allée jusqu'à l'épouser – pas parce qu'il l'y avait obligée, comme elle avait préféré le croire au début, mais parce qu'elle était amoureuse de lui et qu'elle voulait être à ses côtés. Elle connaissait la souffrance d'aimer un homme qui ne l'aimerait jamais de la même façon. Cassia était dans la même situation, et elle devait l'aimer profondément pour avoir même envisagé de droguer sa fiancée afin de gâcher leur mariage !

Le reste du trajet se déroula dans un silence froid et inconfortable. Alexios dormait sur le siège arrière, mais sa présence ne parvint pas à soulager l'angoisse qui montait lentement dans le cœur de Gaby. Elle voyait maintenant qu'elle avait une décision à prendre : si elle restait mariée à Angel, elle risquait d'agoniser à petit feu. Si elle partait, elle aurait le cœur brisé, mais elle pourrait peut-être se reconstruire.

Une fois qu'ils furent arrivés au palais, Angel bondit hors de la voiture et les quitta sans un mot, pendant que Gaby s'occupait de sortir Alexios, le cœur lourd.

Gaby avait l'impression d'avoir passé des heures dans la nurserie avec Alexios et Marina, à essayer, en vain, de se distraire de ses idées noires. Angel s'entretenait toujours avec ses conseillers. Quelles décisions pouvaient-ils bien prendre pour elle, et sans elle ? Elle était reléguée dans un coin du palais pendant que l'on discutait de sa situation et de son agression… Et elle n'était même pas certaine qu'Angel lui parlerait de ce qui s'était passé dans les coulisses de la condamnation de Cassia, quelle qu'elle soit.

Enfin, la porte s'ouvrit, et Angel apparut. Il lui demanda de l'accompagner dans son aile du palais.

— Ton aile ? s'étonna-t-elle. Je pensais que nous partagerions nos appartements…

— Oui, j'allais te le proposer. Mes parents vivaient dans des ailes séparées, mais j'aimerais que toi et Alexios emménagiez dans la mienne, dit-il en la guidant à travers la magnifique galerie de tableaux.

Elle aurait apprécié la suggestion à sa juste valeur, s'il n'avait pas été si secret dans la voiture. Elle ne savait plus sur quel pied danser. Quelle version d'Angel était sincère ?

Elle tenta de retrouver son calme, d'apaiser les battements

nerveux de son cœur. Les alentours lui apportèrent une distraction bienvenue : cette aile était très différente de la sienne, plus formelle et plus traditionnelle, décorée de meubles antiques et d'anciens portraits.

— Il faudra vraiment que tu me fasses visiter le palais… Je ne savais même pas que cette aile existait. Je n'ai vu que la mienne et les salles de réception, au rez-de-chaussée.

— Bien sûr. Regarde, ici…, dit-il en ouvrant une porte dans un grand couloir parqueté de marbre, je pensais pouvoir aménager la nurserie. Il y a des pièces adjacentes pour les chambres des domestiques. Nous pourrions installer un salon juste là…

Il la fit entrer dans une grande salle ornementée de moulures, de grands rideaux de velours et d'une immense cheminée.

— C'est très vieillot pour l'instant, mais nous pourrions choisir une nouvelle décoration et le personnaliser ensemble.

— Pourquoi pas, répondit prudemment Gaby, les yeux fixés sur le visage d'Angel.

Elle ne pouvait rien promettre ; elle ne savait même pas si elle voulait rester au palais. Pourquoi parlait-il soudain de décoration, alors qu'elle brûlait d'entendre sa décision concernant Cassia ?

— Et voilà la chambre principale. Elle donne sur une autre, que nous pourrions transformer en dressing.

Angel s'interrompit, les sourcils froncés.

— Tu es très silencieuse, Gabriella.

— Je suis simplement surprise que tu aies déjà tant réfléchi à mon emménagement. Je préférerais parler de Cassia et de la raison pour laquelle tu as décidé de ruminer en silence plutôt que d'en parler avec moi dans la voiture.

Elle soutint son regard une bonne seconde avant de reprendre la visite de la chambre, dont la magnificence était sans précédent. Un lit majestueux trônait au centre, sur une estrade basse, entouré de colonnes à dorures. Elle caressait le baldaquin, curieuse, quand la voix agacée d'Angel retentit derrière elle.

— Sérieusement ?

Elle pivota vers lui.

— Oui, je suis très sérieuse.

— J'ai passé la journée à parler de Cassia avec ses parents, ses amis, ses collègues. J'ai dû me montrer poli, tolérant, compatissant, alors qu'il y a deux siècles j'aurais été heureux de l'envoyer croupir dans un donjon et de l'y laisser jusqu'à ce que je lui pardonne son offense : c'est-à-dire *jamais* ! C'est ce que tu veux entendre ?

Abasourdie, Gaby se tut, les yeux écarquillés.

— Quoi ? À quoi t'attendais-tu ? Si tu avais été allergique à ce qu'elle a glissé dans ton verre, ou si la dose avait été trop puissante, tu aurais pu mourir ! Mais Cassia se fichait des conséquences. Elle voulait simplement te faire du mal parce que tu lui volais la couronne ! Je n'arrive pas à croire que j'ai passé tant de temps à travailler avec une femme aussi perfide, aussi vindicative ! Comment ai-je pu être aussi aveugle ? Comment ai-je pu vous mettre en danger, toi et Alexios, en vous laissant entre ses mains ?

À le voir si bouleversé, Gaby comprit que sa distance, dans la voiture, ne lui avait servi qu'à dissimuler la profondeur de son désarroi et à garder le contrôle sur sa colère. Elle revint à lui pour poser une main réconfortante sur son bras, désireuse de le soulager.

— Tu n'as rien à te reprocher, Angel. Un acte de la part de Cassia ne définit pas sa personnalité entière. La haine qu'elle me porte ne nie pas la loyauté qu'elle te portait. Tu n'avais aucun moyen de prévoir une réaction pareille.

Il ferma les yeux, et la ligne tendue de ses épaules s'adoucit légèrement.

— Qu'est-ce qui va lui arriver ? reprit Gaby.

— Je veux que l'affaire reste aussi secrète que possible. Il est honteux qu'une chose pareille puisse avoir lieu dans

mon cercle le plus proche. Je veux la bannir de Themos. Pour quelqu'un comme Cassia, c'est une terrible punition.

— Tu ne veux pas porter plainte contre elle ?

Angel baissa les yeux sur elle et caressa sa joue.

— C'est toi la victime, Gaby. Cette décision t'appartient.

— Mais cela rendrait l'affaire publique, n'est-ce pas ?

— Malheureusement, oui. Et j'imagine que les magazines en feront des gorges chaudes. Avec ma réputation, la presse conclura que j'avais une liaison sordide avec mon employée et qu'elle s'est vengée en t'attaquant avant le mariage. C'est assez sulfureux pour faire la une.

Gaby hocha la tête, pensive.

— C'est pour ça que le bannissement me semble être une bonne solution alternative. Cela assure ta sécurité, puisque Cassia ne sera plus jamais en ta présence. Pour son crime, elle n'irait en prison que quelques années, même à Themos. Le bannissement est une punition lourde pour elle, mais il n'enlève rien au standing de sa famille et aux services qu'ils ont rendu à la mienne. Piero, son père, est un très cher ami des Diamandis, et un homme honorable. Lui et sa femme sont bouleversés par la trahison de leur fille.

— Je comprends. Peux-tu la bannir légalement ?

— Oui, bien sûr. Avec sa confession, je peux lui retirer sa citoyenneté. Elle ne pourra plus mettre un pied sur l'île. Et je ne veux plus jamais croiser son chemin.

— Je pense que c'est une bonne idée. Je ne vais pas porter plainte.

Mais Angel était toujours silencieux. Il avait encore l'air profondément préoccupé. Elle fronça les sourcils.

— Angel… Tu peux me parler. Que se passe-t-il ?

— Tu as été attaquée à cause de *moi*. Ta vie a été mise en danger à cause de *moi*.

— Angel ! Écoute-moi. Ce n'est pas ta faute. Je te le promets. Cassia m'a seulement donné la migraine… Ce n'est pas ce que j'appellerais « me mettre en danger ».

— Ne plaisante pas sur ce sujet, Gabriella. Tu es tout pour notre fils. Tu es tout pour moi, *hara mou*. Quiconque te veut du mal n'est pas le bienvenu à Themos.

Gaby cligna des yeux, surprise, mais Angel n'avait pas terminé.

— Je me suis trompé sur toute la ligne. Je me sens coupable de lui avoir fait confiance plutôt qu'à toi, alors que tu m'as prouvé ton honnêteté sans arrêt. Si tu avais été blessée… Je ne m'en serais jamais remis, Gabriella. Je veux que tu sois heureuse ici. En sécurité. Je veux que tu aimes vivre avec moi…

Le cœur de Gaby battait la chamade. Elle resserra les doigts autour de son bras, les yeux fixés sur son visage.

— Pourquoi ?

— Tu sais pourquoi, répondit Angel en soutenant son regard avec assurance. Je t'appartiens, corps et âme. Tu le sais, n'est-ce pas ? Je t'aime. Je crois que je t'aime depuis l'université, mais je ne pouvais pas supporter d'être vulnérable. J'ai été lâche. Je t'ai quittée, mais je ne t'ai jamais oubliée.

— Oh ! mon Dieu ! murmura Gaby, la gorge nouée, les jambes flageolantes.

— Tu n'as rien d'autre à dire ? s'enquit Angel, amusé.

— Je… Je ne savais pas que tu m'aimais ! Pas du tout. J'espérais que tu puisses tomber amoureux de moi avec le temps… Je t'aime aussi, bien sûr. Pas que tu le mérites, après m'avoir forcée à t'épouser ! Mais apparemment j'aime même tes pires défauts.

— Ce n'est pas une déclaration, ça, c'est un reproche ! répliqua Angel. Je te connais, Gabriella. Si tu n'avais pas eu envie de m'épouser, tu te serais battue bec et ongles.

Il avait raison, mais il était plus facile de l'admettre pour elle-même que pour lui, et elle plissa les yeux, sur le point de lui envoyer une repartie bien sentie. En la voyant se préparer à l'attaque, Angel éclata de rire et la prit dans ses bras.

— Regarde-nous ! Nous nous disputons même pour nous avouer que nous nous aimons ! Oh ! Gabriella, tu es la femme la plus insupportable et la plus adorable du monde. Je t'aime plus que tout.

Elle rit doucement dans son cou et l'enlaça à son tour, le cœur débordant de bonheur. Elle n'arrivait pas à y croire. Angel l'aimait, Angel voulait rester auprès d'elle. Ils seraient une véritable famille, une famille unie par l'amour plutôt que par l'obligation.

— Nous n'étions pas prêts, à l'époque, murmura-t-elle. Tu étais trop volage, j'étais trop naïve.

— Et tu préférais balancer des tasses en céramique contre les fenêtres plutôt que de communiquer…

— Oh ! tais-toi donc, lâcha-t-elle en lui tapant l'épaule. À moins que tu ne veuilles me mettre de mauvaise humeur ?

Elle fit glisser une main le long de sa cravate d'un geste suggestif. Le sourire d'Angel s'élargit, et ses beaux yeux scintillèrent comme de l'or en fusion.

— Oh ? Est-ce que ça veut dire que tu veux bien emménager dans ma chambre ?

— Il faut que j'y réfléchisse…

— Qu'est-ce que je dois faire pour te convaincre ?

— Tu peux commencer par me montrer les avantages de partager un lit tous les soirs.

Il rit et plongea les doigts dans ses longs cheveux pour incliner son visage et la contempler un instant. Ses prunelles brûlaient d'admiration et d'amour, et le cœur de Gaby trébucha d'émotion.

— Je t'aime tant, *asteri mou…*

— *Mon étoile ?* traduisit Gaby. Je n'aurais jamais cru que tu puisses être si romantique…

— Comment ça ? Je suis très romantique. C'était romantique, non, de te demander de garder la robe et les bijoux ?

— C'était plutôt un fantasme sexuel, le taquina Gaby en faisant pleuvoir des baisers sur son visage. Mais tu as raison, je suis trop sévère. Je m'attendais sans cesse à être déçue, alors j'ai mal interprété tes efforts.

Elle entreprit de déboutonner sa chemise, mais ses doigts tremblaient. Elle n'arrivait pas à y croire ; Angel Diamandis était enfin son amour, son égal, il était enfin à elle autant qu'elle était à lui.

— Je t'aimerai toujours, Angel, reprit-elle, cette fois avec un sérieux solennel.

— J'espère bien. Je veux passer ma vie avec toi et avec notre famille. Et nous allons célébrer cela immédiatement.

Il la souleva dans ses bras sans autre forme de procès.

— Si autoritaire…, commenta-t-elle.

— Je sais que tu adores que je te donne des ordres, secrètement, rétorqua-t-il avec un sourire charmeur.

— Ne te fais pas d'illusions. Je t'aime *en dépit* de tes petits caprices.

— Et je t'aime parce que tu es intelligente, féroce, belle et terriblement sexy…

Il la déposa sur l'immense lit à colonnes. Penché sur elle, les yeux plongés dans les siens, il fit glisser les mains le long de ses cuisses.

— Note que je n'ai rien critiqué, ajouta-t-il en passant les doigts sous sa jupe.

Elle l'attrapa par la nuque et l'abaissa sur elle.

— Très bien. Voilà la vérité. Tu me rends impossiblement heureuse…

Il sourit contre ses lèvres et l'embrassa à perdre haleine, brûlant et délicieusement sensuel, avant d'insérer sa cuisse musclée entre les siennes. Gaby laissa échapper un soupir avide et resserra son étreinte, fiévreuse et affamée de lui. À cet instant, plus rien n'avait d'importance, hormis les bras d'Angel, la passion de son baiser et l'amour qui les unissait enfin.

Épilogue

Six ans plus tard

— Ils sont tous couchés ? Même Pollux ? murmura Angel, appuyé contre le chambranle.

Gaby releva les yeux du berceau où leur cadet dormait à poings fermés. À dix mois, Pollux était déjà plus caractériel que son grand frère, si calme et si tolérant. Pollux réagissait avec beaucoup de passion quand la vie n'allait pas dans son sens, et il dormait seulement quand il l'avait décidé.

— Le grand air fait des miracles, lança Gaby en rejoignant son mari.

Le roi et la reine de Themos, tous deux habillés avec décontraction pour leurs vacances à la maison sur le lac, passèrent ensemble devant la chambre d'Eliana, leur fille de quatre ans. Les cheveux roux en pagaille sur l'oreiller, elle dormait elle aussi profondément, après avoir couru toute la journée derrière son grand frère dans les bois alentour.

Alexios s'était endormi sur sa tablette, étalé sur son lit les bras écartés, comme s'il était tombé comme une pierre sur son édredon coloré. Gaby retint un petit rire et lui retira doucement la tablette des mains pour la poser sur sa table de nuit. Il ressemblait beaucoup à son père ; il était déjà très grand pour son âge et avait les mêmes traits racés. Mais son tempérament était tout à lui : il était intelligent, attentionné. Énergique mais très doux et très patient.

— Il a adoré aller pêcher avec toi ce matin, murmura Gaby en refermant la porte.

— Moi aussi… Mais je ne veux pas discuter des enfants pour le moment, susurra Angel en embrassant son cou. Saif et Tati vont bientôt arriver avec toute leur équipe et ils ne voudront pas aller se coucher tout de suite à cause du décalage horaire. Je veux profiter de notre tranquillité pendant qu'il en est encore temps.

— Oh ! arrête de te plaindre, tu adores les voir.

— C'est notre anniversaire de mariage. Rappelle-moi pourquoi nous ne sommes pas entièrement seuls ?

Dans ses bras, Gaby rit et lui rendit baiser pour baiser.

— Nous adorons passer du temps avec notre famille ?

Il l'attira par la main vers leur chambre.

— Tu as raison. Mais parfois je n'ai vraiment aucune envie de te partager avec quiconque… Surtout quand tu portes cette robe. Je t'ai déjà dit que c'était ma robe préférée… ?

— Parce qu'elle s'enlève très vite, oui, termina Gaby en fermant leur chambre d'un coup de talon.

Elle s'arqua sous ses caresses et pressa ses seins dans le creux de ses paumes avides, la chair déjà brûlante de retrouver le corps de son mari, dont elle ne se rassasiait jamais. La robe tomba à terre ; la bouche d'Angel trouva ses tétons.

— Je me répète…

— J'aime quand tu te répètes, souffla Gaby en souriant, occupée à lui retirer son pull, le cœur battant.

— Et je t'aime, toi, *vasilessa mou.*

Ma reine… Oui, littéralement et en privé, c'était ainsi qu'il la traitait tous les jours. Elle avait sa propre position à la cour et l'aidait à prendre des décisions nationales et internationales. Ses compétences interculturelles et linguistiques l'avaient aidée dans son nouveau rôle. Elle avait vu Angel rayonner de fierté à chaque fois qu'elle montrait son expertise, et cette admiration lui réchauffait toujours le cœur. Elle était sa partenaire en toutes choses et avait avec lui la famille dont elle avait toujours rêvé.

Angel était un père merveilleux, patient et encourageant. Il comprenait que les enfants fassent des erreurs, il adorait passer du temps avec chacun et cultiver leurs centres d'intérêt. Ils étaient parvenus à assouplir la pompe et la cérémonie de leur vie officielle, et à cultiver leurs relations avec leur famille et leurs amis. Ils se réfugiaient souvent à la maison sur le lac, sans aucun domestique, et rappelaient la valeur du travail et de l'indépendance à Alexios et Eliana. Laurie, Liz, Saif, Tati et leurs enfants étaient leurs visiteurs les plus fréquents, et ils s'entendaient tous à merveille.

Oui, Angel lui offrait toute la tendresse, tout l'amour, toute la loyauté qu'elle pouvait désirer. Elle déboutonna son pantalon, et il s'abaissa sur elle, nu, son membre dressé de désir, et l'embrassa à perdre haleine. Leur passion n'avait jamais faibli ; et, même après toutes ces années, elle vivait chaque étreinte avec une extraordinaire émotion, avec un plaisir inouï. Elle gémit dans son cou lorsqu'il sombra en elle, et ils se perdirent l'un dans l'autre.

Alors qu'elle reposait béatement dans ses bras, un peu plus tard, Angel se redressa souplement et sortit un cadeau du tiroir de sa table de nuit.

— J'avais presque oublié… Pour notre anniversaire…

— Tu m'as déjà offert un collier ! s'étonna Gaby.

— Je peux t'offrir deux cadeaux.

Il souleva sa main diaphane et fit glisser une bague entièrement incrustée de diamants à son annulaire, juste au-dessus de son alliance.

— C'est un anneau d'éternité, expliqua-t-il alors qu'elle serrait sa main dans la sienne, le cœur débordant d'émotion. Pour toujours tu es mienne, et je suis tien… C'est l'inscription gravée à l'intérieur.

— Oh ! Angel…, murmura-t-elle. Comment ai-je pu un jour penser que tu n'étais pas romantique ?

Vous avez aimé *Leur royal secret* ?
Retrouvez en numérique l'histoire de Saif,
le frère d'Angel Diamondis :

1. *Le bébé de l'émir*
2. *Leur royal secret*

Deux romans signés Lynne Graham !

Retrouvez prochainement, dans votre collection

AZUR

Le tendre secret d'un roi, de Cathy Williams - N°4510
Sitôt qu'elle croise le regard d'Abe, Georgie se sent défaillir. Voilà quatre ans qu'elle ne l'a pas revu, après qu'il est sorti de sa vie sans un adieu. Si elle l'aimait follement naguère, elle éprouve à présent une vive colère à son encontre. Le jour où Abe l'a abandonnée, il a emporté avec lui le secret de son identité. Un secret dont la révélation est un choc pour Georgie : son ancien amant n'est autre que le prince Abbas Hussein du Qaram ! Et la fille qu'ils ont eue ensemble, son héritière…

Les héritiers des Kamaras, de Millie Adams - N°4511
Trahie par son fiancé, Morgan tente de fuir la propriété familiale de ce dernier quand elle se retrouve bien malgré elle dans la chambre de Constantine, l'aîné des Kamaras. Celui-ci, qui lui a toujours témoigné un profond mépris, se révèle alors le plus audacieux des séducteurs. Et Morgan succombe à la passion entre ses bras durant une nuit interdite… Persuadée qu'elle ne le reverra jamais, Morgan tombe des nues lorsqu'elle découvre que ce moment d'égarement n'a pas été sans conséquence : elle attend des jumeaux !

L'enfant du Ghana, de Maya Blake - N°4512
Du désir brut. Voilà ce qu'éprouve Atu Quayson lorsque Amelie Hayford débarque dans son bureau pour en découdre avec lui. La plus belle femme du Ghana a appris qu'il tente de mettre la main sur la station balnéaire dont elle est l'héritière – et elle ne compte pas le laisser faire ! En effet, tous deux sont rivaux en affaires et coutumiers des passes d'armes. Alors pourquoi Atu ne rêve-t-il que d'une chose : rappeler à son ennemie qu'ils ont autrefois partagé le plus brûlant des baisers ?

Inoubliable passion, de Heidi Rice - N°4513
Alors qu'il débarque au mariage de sa sœur, Ross De Courtney reçoit le choc de sa vie. Parmi les invités se trouvent l'inoubliable Carmel, qu'il a faite sienne durant un lointain bal, et un petit garçon qui ressemble trait pour trait à l'enfant qu'il a été. Loin de nier l'évidence, Carmel lui pose très vite un ultimatum : Ross devra endosser son rôle de père auprès de leur fils… ou disparaître à jamais de leur vie !

L'époux d'un scandale, de Jackie Ashenden - N°4514

Le scandale est une seconde nature chez Castor Xenakis. Habitué à défrayer la chronique, il ne s'étonne de rien – ou presque. Le soir où l'innocente Glory pénètre dans son manoir sans y avoir été invitée pour s'offrir à lui, il tombe des nues ! Si la belle l'attire assurément, il n'est pas question pour lui de profiter de la naïveté de cette jeune femme visiblement désespérée. Mais rien ne lui interdit de faire une contre-proposition à sa visiteuse : qu'elle joue auprès de lui le rôle d'épouse…

Les noces d'Elena, de Therese Beharrie - N°4515

Héritière d'une puissante famille, Elena s'apprête à épouser par devoir un homme qu'elle n'aime pas. Mais avant cela elle s'autorise un voyage en Italie pour interviewer le businessman de l'année. Seul problème ? Micah Williams se révèle bien différent du terrible magnat auquel elle s'attendait, au point qu'Elena finit par succomber à son charme. Et, quand Micah lui propose un mariage de convenance qui la rendrait libre, elle est soudain très tentée d'accepter…

Corps-à-corps envoûtant, de Cara Colter - N°4516

Voilà deux ans que Sophie n'avait pas mis les pieds sur l'île de Havenhurst, et c'est avec émotion qu'elle y retrouve sa meilleure amie, la princesse Maddie. Hélas, son séjour au palais implique qu'elle soit protégée par Lancaster, un garde du corps qu'elle ne connaît que trop bien. À deux reprises, elle s'est jetée à son cou… avant d'être éconduite. L'homme, aussi sexy qu'imperturbable, l'attire bien malgré elle. Se pourrait-il que leur tête-à-tête prolongé aboutisse cette fois enfin à la romance dont elle rêve en secret ?

Un trésor inestimable, de Pippa Roscoe - N°4517

SÉRIE : *PRÉCIEUX HÉRITAGE* - 3/3

Lorsque Summer Soames débarque à Athènes, c'est avec l'intention de résoudre le mystère des bijoux disparus de sa famille. Au lieu de quoi, la voilà qui tombe sous le charme du splendide Theron Thiakos… Grisée par la liaison qu'ils entament, Summer perd la raison en même temps qu'elle perd ses objectifs de vue. Le retour à la réalité est donc brutal, le jour où son amant la chasse brutalement de sa vie. Comment, cinq mois après l'avoir abandonnée, Theron ose-t-il se présenter à sa porte ? Aurait-il découvert son précieux secret ?

La conquête d'un play-boy, de Joss Wood - N°4518

SÉRIE : *SCANDALE EN AFRIQUE* - 2/3

Devenue la tutrice d'une adorable fillette âgée de trois ans, Bay est résolue à lui assurer un avenir confortable. Et pour cela elle doit d'abord trouver un emploi ! Son entretien avec Digby Tempest-Vane, qui recherche une décoratrice d'intérieur pour l'un de ses prestigieux hôtels du Cap, pourrait être sa chance ! Seulement, sa rencontre avec le milliardaire ne se passe pas exactement comme prévu. Subjuguée par le sulfureux play-boy, Bay est assaillie de pensées interdites, alors même qu'elle se doit de rester professionnelle…

Les vœux du désir, de Clare Connelly - N°4519

« C'est vous que je dois épouser », déclare Olivia à Luca Giovanardi. Jamais elle n'aurait cru pouvoir se montrer si audacieuse, mais le temps presse. Si elle veut toucher son héritage, elle est obligée de convoler avant ses vingt-cinq ans avec Luca. Certes, tous deux sont de parfaits étrangers l'un pour l'autre, mais ils auraient tout à y gagner. Olivia conserverait Hughenwood House, le domaine de sa famille, tandis que Luca verrait sa réputation de play-boy enfin restaurée. Reste à le convaincre de jouer avec elle cette comédie de façade, sans lui révéler la troublante passion qu'il éveille en elle…

La fierté de Nik Cozakis, de Lynne Graham - N°4520

Olympia est au pied du mur : sa mère est gravement malade et a besoin de soins médicaux onéreux qu'elle n'a pas les moyens de lui payer. Malheureusement, son unique solution est de solliciter l'aide de Nik Cozakis, le puissant et impitoyable homme d'affaires qu'elle aurait dû épouser dix ans plus tôt si un scandaleux malentendu n'avait entaché sa réputation. Nik, humilié et fou de rage, l'avait alors rejetée avec le plus grand mépris. Olympia tente donc le tout pour le tout en se tournant vers lui. Et, à sa grande surprise, Nik accepte de la soutenir, mais à une condition : qu'Olympia lui donne un héritier…